소중한 ________________________에게

________________________가(이) 선물합니다.

____

몽테크리스토 백작

알렉상드르 뒤마 지음

1802년 프랑스 북부 엔 빌레르코트레 마을에서 태어난 세계적인 문호입니다.
네 살 때, 나폴레옹 1세 휘하 장군이던 아버지가 세상을 떠나 어머니와 함께 가난하게
살았습니다. 그 때문에 제대로 교육을 받지 못하고 자랐지만,「로빈슨 크루소」「아라비안
나이트」 같은 작품을 읽으며 문학적 소양을 키워 소설가가 되었습니다. 지은 책으로는
「몽테크리스토 백작」「20년 후」「철가면」「삼총사」 등이 있습니다.

이영호 엮음

경향신문 신춘문예(동화)와「현대문학」(소설) 추천을 거쳐 작가가 되었습니다.
단편 동화집「배냇소 누렁이」 등 20여 권과 장편 소설집「거인과 추장」 등 10여 권, 전기
소설집「세계를 누비며」 등 20여 권을 펴내 세종아동문학상 · 대한민국문학상 · 방정환문학상
등을 받았습니다. 한국아동문학인협회 회장 및 국제펜클럽한국본부 이사를 지냈습니다.

2022년 2월 25일 2판 9쇄 **펴냄**
2011년 8월 15일 2판 1쇄 **펴냄**
2004년 12월 1일 1판 1쇄 **펴냄**

펴낸곳 (주)효리원
펴낸이 윤종근
지은이 알렉상드르 뒤마
엮은이 이영호 · **그린이** 뱅상
등록 1990년 12월 20일 · **번호** 2-1108
우편 번호 03147
주소 서울시 종로구 삼일대로 457, 406호
전화 02)3675-5222 · **팩스** 02)765-5222

ⓒ2004. (주)효리원

잘못 만들어진 책은 구입하신 서점에서 바꾸어 드립니다.
ISBN 978-89-281-0131-3 64860

이메일 hyoreewon@hyoreewon.com
홈페이지 www.hyoreewon.com

몽테크리스토 백작

알렉상드르 뒤마 지음

이영호 엮음 / 뱅상 그림

스무 살도 되기 전에 무역선 선장이 될 만큼 장래가 촉망되는

한 청년이 있습니다. 어느 날 그 청년은 사랑하는 여인과 결혼식을

올리려 합니다. 그러나 그는 결혼식장에서 영문도 모른 채 체포되어

평생 햇볕을 볼 수 없는 외딴 섬의 지하 감방에 갇히고 맙니다.

상상도 할 수 없을 만큼 끔찍한 일입니다.

이 작품의 서두는 그렇게 시작되고 있습니다.

청년은 무슨 착오가 있었겠지, 하며 희망을 품어 보기도 합니다.

그러나 시간이 흐르고 흘러도 풀려날 가능성이 보이지 않자,

청년은 차라리 죽어 버리기로 결심합니다. 그 감옥은

한번 갇히면 살아 돌아가지 못한다는 곳이었기 때문입니다.

그러다가 청년은 옆방 죄수인 파리아 신부를 만나게 됩니다.

파리아 신부는 그 곳을 탈출하기 위해 감방 벽을 팠으나

방향을 잘못 계산해 청년이 있는 방으로 벽을 뚫고 있었던 것입니다.

청년은 파리아 신부를 만남으로써 새로운 희망을 갖게 됩니다.

박식하고 비범한 재주를 지닌 신부의 추리로, 청년은 자신이

감옥에 갇힌 까닭을 짐작하게 되고 복수를 다짐합니다.

그러는 한편, 청년은 신부의 가르침을 통해 새사람으로 변해 갑니다.

어느 날 신부가 죽음을 맞이합니다. 청년은 신부가 준 보물 유서를

가지고, 죽은 신부의 시체로 가장하여 죽음의 감방을 탈출합니다.

그 뒤 청년은 몽테크리스토 백작으로 변신해 파리에 나타납니다.

그는 복수를 위해 치밀하고 빈틈없는 계획을 세웁니다.

그리고 죄 없는 자신을 감방에 보낸 뒤, 파리의 명사 행세를

하고 있는 사람들의 가면을 하나하나 벗겨 내고, 그들을

파멸의 구렁텅이로 몰아넣습니다.

그들은 죄 없는 한 청년을 모함해서 죽음의 감옥에 처넣은 죄 때문이

아니라 성공하기 위해 새롭게 지은 죄 때문에 처절하게 파멸해 갑니다.

그러다 마지막 순간에 그 모든 것을 연출한 주인공 당테스와

대면하고는 절망적인 비명을 지르며 죽거나 미치고 맙니다.

알렉상드르 뒤마는, 악은 결코 선을 이길 수 없다는 진리를

흥미진진한 전개를 통해 독자에게 이야기해 주고 있습니다.

엮은이 이○○

행복한 일등 항해사

1815년 2월 24일 정오 무렵이었다.

"파라옹 호가 보입니다! 배가 들어오고 있습니다!"

항구의 망루에서 바다를 지켜보던 사람이 소리쳤다.

여러 달의 긴 항해 끝에 귀항하고 있는 파라옹 호가

서서히 모습을 나타내기 시작했다.

배가 항구 가까이 다가오자, 파라옹 호의 선주인 모렐 씨가

재빨리 보트를 타고 마중을 나갔다.

파라옹 호의 뱃머리에는 스무 살쯤 되어 보이는 청년이

우뚝 서서 손을 흔들고 있었다. 큰 키에 검은 눈, 다부진

몸집에 잘생긴 청년이었다.

보트가 파라옹 호와 맞닿을 듯 가까워지자

모렐 선주가 소리쳤다.

"아, 당테스! 자네였구먼. 그래, 별고 없었나?"

"그 동안 안녕하셨습니까, 선주님!"

청년은 꾸벅 인사를 하고는 말을 계속했다.

"선주님, 이번 항해에서 아주 불행한 일이 일어났습니다.

르클레르 선장님이 그만 세상을 뜨셨습니다."

"뭐라고?"

모렐 씨의 얼굴에 핏기가 가셨다.

보트가 배에 닿자 모렐 씨는 당테스가 던져 준 밧줄을

잡은 다음, 재빨리 뱃전의 사다리를 움켜쥐었다.

"선장이 죽다니, 대체 어찌 된 일인가?"

"열병 때문인 것 같습니다. 나폴리를 떠난 다음 날부터

갑자기 열이 나더니, 사흘 뒤에 숨을 거두셨습니다."

"쯧쯧……, 정말 안됐구먼. 선적한 화물은?"

"이상 없습니다. 저기 회계원 당그라르 씨가 나오시네요.

자세한 이야기는 당그라르 씨에게 물어 보십시오.

저는 닻을 내리는 일을 감독해야겠습니다."

말을 마친 당테스는 닻을 내릴 준비에 바쁜

선원들 쪽으로 달려갔다.

"안녕하셨습니까, 모렐 선주님! 르클레르 선장님이

뜻밖에도 그만 저세상으로……."

선주 앞으로 다가온 스물대여섯 살쯤 된 사내가

아첨하는 눈빛으로 입을 열었다.

"들었네. 참으로 애석하고 슬픈 일이야. 하지만 어쩌겠나.

그게 르클레르 선장의 운명인 걸 말야. 하지만 저렇게

선원들을 능숙하게 지휘할 수 있는 젊고 유능한

일등 항해사가 그의 뒤를 받치고 있다는 사실이

그나마 다행스러운 일이지."

선주는, 당테스가 선원들에게 뭐라고 지시를 내리며

배를 항구에 대느라 바쁜 모습을 흡족한 얼굴로 바라보았다.

그러자 당그라르의 얼굴이 심술궂은 표정으로

어둡게 일그러졌다.

"당테스는 물론 유능한 일등 항해사지요. 하지만……."

"하지만, 뭔가?"

"너무 젊지 않을까요? 게다가 그는 선장이 죽자마자 마치

기다렸다는 듯 제멋대로 배를 지휘하여 항로를 이탈해서는

엘바 섬에 들러 하루 반이나 머물렀답니다."

"하루 반이나? 배를 수리한 게 아니고?"

모렐 씨는 고개를 갸웃거리며 말했다.

"이봐, 당테스. 이리 좀 와 보게!"

모렐 씨는 그게 아무래도 마음에 걸리는지 당테스를 불렀다.

"죄송합니다. 닻을 내리고 바로 가겠습니다."

당테스는 대답만 하고 닻을 내리는 마지막 작업을

주의 깊게 감독하고서야 선주에게로 달려왔다.

당그라르는 바쁜 일이라도 있는 듯 슬그머니 자리를 피했다.

"죄송합니다. 무슨 일로 부르셨습니까, 선주님?"

"한 가지 묻겠는데, 엘바 섬에는 왜 배를 댔나?"

"선장님의 마지막 명령을 지키기 위해서입니다.

선장님께서 돌아가시기 전에 제게 소포 하나를 주시면서

베르트랑 대원수(나폴레옹의 부하 장군)에게

꼭 전해 달라고 부탁하셨거든요."

그 말에 놀란 듯 모렐 씨는 주위를 한 번 살피고는

당테스와 함께 구석진 곳으로 갔다.

"그래, 폐하(나폴레옹)도 뵈었나?"

"물론입니다. 건강한 모습으로 이런저런

사정 이야기를 물으시더군요."

모렐 씨는 몇 가지 더 물어 보고는

안심이 된다는 듯 고개를 끄덕였다.

그 무렵, 러시아 원정에 실패한 나폴레옹은 황제 자리에서

쫓겨나 엘바 섬으로 귀양 가 있었다. 루이 18세가 다시

국왕으로 돌아왔지만, 프랑스에는 아직도 나폴레옹을

따르는 사람이 많았다. 이들은 몰래 보나파르트 당을

만들어 나폴레옹의 복귀를 위한 모의를 하고 있어서

당국은 감시를 늦추지 않고 있었다.

"당테스, 폐하를 만난 이야기는 함부로 입 밖에

내어서는 안 되네. 엉뚱한 오해를 살 수도 있으니 말야.

그건 그렇고, 일이 끝나면 저녁이나 같이 하세."

"뜻은 고맙습니다만, 저는 바로 집에

가 봐야 할 것 같습니다. 죄송합니다."

"그렇구먼. 자네는 보기 드문 효자니까 말야. 게다가

자네를 기다리고 있는 예쁜 메르세데스 아가씨도 만나야지.

여기는 걱정 말고 어서 가 보게. 휴가는 얼마든지 주지.

하지만 석 달 안에는 돌아와야 하네. 파라옹 호가

선장 없이 떠날 수는 없으니까 말야."

모렐 씨는 당테스의 어깨를 툭툭 치며 말했다.

"선주님, 선장 없이 떠날 수 없다니요? 그럼 저를
파라옹 호의 선장으로 임명하시겠다는 말씀입니까?"
"그렇다네, 에드몽 당테스."
청년은 선주의 손을 덥석 잡았다. 그리고 벅찬
감격으로 눈물을 글썽이며 말했다.
"감사합니다, 선주님! 제 아버지와 메르세데스의
이름을 걸고 최선을 다하겠습니다. 정말 고맙습니다."
서둘러 일을 끝낸 당테스는 선원들과 선주에게 작별 인사를
하고는 먼저 보트에 뛰어내려 부두로 노를 저어 갔다.
모렐 씨는 흐뭇한 표정으로 그 모습을 지켜보고 서 있었다.
당테스의 집은 멜랑 거리에 있는 낡고 허름한 아파트
5층이었다. 그 곳에 당테스의 늙은 아버지가 아들을
기다리며 혼자 살고 있었다.
"아버지! 제가 돌아왔습니다."
당테스는 단숨에 5층 계단까지 뛰어올라가
현관문을 밀며 소리쳤다.
"오, 당테스! 너로구나."
아버지는 당테스의 팔에 안기며 비틀거렸다.
"아버지, 어디 편찮으세요?"

"아니다, 아냐! 너무 갑작스러운 일이라 좀 놀랐을 뿐이야."

당테스는 아버지가 궁금해하는 이런저런 이야기를

들려드렸다. 죽은 르클레르의 뒤를 이어 선장이 될 거라는

이야기를 하자, 아버지는 몹시 놀란 표정으로 두 손을 모았다.

"하느님, 남의 불행이 우리의 행복이 된 것을 기뻐하는

저를 용서해 주소서! 애야, 이제 겨우 스무 살 되는 네가

선장이라니! 이참에 당장 네 결혼식도 올리자꾸나."

부자가 이야기꽃을 피우고 있을 때 이웃에 사는 재봉사

카드루스가 나타났다. 당테스가 없는 동안 아버지에게

비싼 이자를 받고 돈을 빌려 주고는, 당테스가 돌아오면

생색을 내며 돈을 받아 가는 마음씨 고약한 사나이였다.

"항구에 나갔다가 우연히 당그라르를 만나 자네가

돌아온 걸 알았지. 곧 선장이 될 거라더군. 축하하네."

"축하받기는 아직 이르지요."

당테스는 마지못해 빙그레 웃으며 대꾸했다.

솔직히 그에게 축하 인사 따위는 받고 싶지 않았다.

"아버지, 이제 카탈로니아 마을에 좀 다녀올까 합니다."

"그래, 어서 다녀오너라. 결혼 이야기를 하면

메르세데스도 무척 좋아할 거다."

당테스가 나가자 재봉사 카드루스도 뒤따라 나왔다.

카드루스가 길모퉁이를 돌아 나가자, 기다리고 있었다는 듯

당그라르가 모습을 드러냈다.

"어땠나, 당테스는?"

"녀석은 벌써 선장이 된 기분이던걸. 메르세데스와

곧 결혼할 모양이야."

"그렇다면 우리도 카탈로니아 마을 앞 술집으로 가서

거하게 한잔하자고."

두 사내는 잰걸음으로 카탈로니아 마을이 바라다보이는
술집으로 향했다. 마을을 한눈에 바라볼 수 있는 술집
바깥뜰의 탁자에 자리를 잡은 두 사내는 포도주를 홀짝홀짝
마시며 마을 쪽에 눈길을 주고 있었다.

카탈로니아 마을은 3, 4백 년 전 에스파냐 사람들이 건너와
살기 시작한 마을이었다. 바닷가 언덕에 멋진 에스파냐 풍의
집들이 늘어서 있는, 그림 같은 마을이었다.

마을 안, 어느 집 문간에서 검은 머리칼에 반짝이는 눈을 가진
예쁜 아가씨가 한 젊은이와 이야기를 나누고 있었다.

"메르세데스, 또다시 부활절 축제가 다가왔어.
나는 이 좋은 날을 놓칠 수 없어. 제발 결혼을 승낙해 줘."

젊은이의 간절한 말에 아가씨는 딱 잘라 말했다.

"아, 페르낭 오빠. 벌써 몇 번이나 말했어요? 나는 오빠를
사촌 오빠로 좋아할 뿐, 절대로 결혼 같은 건 할 수 없어요."

"아직도 너는 그 뱃놈을 좋아하고 있는 모양이구나, 그렇지?"

"그래요, 오빠. 나는 당테스를 사랑해요."

"그놈이 바다에 빠져 죽으면 너는 어쩔 거냐?"

"무슨 그런 끔찍한 말을! 만약 그런 일이 생긴다면

나도 따라 죽어 버릴 거예요."

그 때 문 밖에서 기쁨에 넘친 우렁찬 목소리가 들려왔다.

"메르세데스, 메르세데스! 나요, 당테스가 왔소!"

"어머! 에드몽, 저 여기 있어요!"

메르세데스는 기쁨에 들떠 어쩔 줄 모르며

쏜살같이 문 밖으로 달려나갔다.

두 연인이 와락 껴안는 행복한 모습을 보고 페르낭은

몸을 후들후들 떨면서 밖으로 뛰쳐나갔다. 그러고는

머리카락을 움켜쥔 채 미친 듯 동구 밖으로 달려가기

시작했다. 그 때 놀리는 듯한 큰 소리가 들려왔다.

"이봐, 페르낭! 무슨 일인가? 애인을 빼앗긴 사람처럼

안색이 아주 안 좋은데 말야."

당그라르와 카드루스였다.

페르낭은 두 사람 곁으로 씨근거리며 다가갔다.

"앉아서 한잔하세나. 우리가 혹시 자네에게

힘이 될 수 있을지도 모르잖아?"

당그라르가 가득 따른 술잔을 내밀며 말했다.

페르낭은 술잔을 받아 단숨에 비워 냈다.

당그라르와 카드루스는 계속해서 술을 따르며 페르낭의

불타오르는 질투심에 기름을 끼얹었다.

세 사람이 술에 잔뜩 취했을 때, 당테스와 메르세데스가

정답게 팔짱을 끼고 그 앞을 지나갔다.

"오, 이게 누구신가? 파라옹 호의 새로운 선장

에드몽 당테스 씨와 그 분의 새색시가 될 메르세데스 부인이

아니신가! 어서 오시오. 와서 축배를 듭시다."

카드루스가 혀 꼬부라진 소리로 야유하듯 소리쳤다.

언짢아진 당테스는 얼굴을 찌푸리며 대꾸했다.

"다들 기분 좋게 취하셨군요. 모레쯤 이 곳 레제르브에서

조촐하게 결혼식을 올릴 생각인데, 그 때 여기 계신

세 분 모두 와 주시면 좋겠습니다."

"모레쯤이라니, 너무 서두르는 거 아닌가?"

"그럴지도 모르지요. 그렇지만 누구나 서두르고

싶은 일이 있는 거니까요. 게다가 파리에 가지 않으면

안 될 일이 있어서……."

"파리에? 자네 파리에 가는 건 이번이 처음이지 아마?"

"그래요. 르클레르 선장님의 마지막 부탁 때문에……."

그 순간 당그라르는 무슨 신통한 생각이라도 떠오른 듯

음흉한 웃음을 빼물었다.

끔찍한 음모

파라옹 호의 회계원인 당그라르는 자기보다 나이가
다섯 살이나 어린 당테스가 선장이 된다는 것이 참을 수
없었다. 무슨 수를 써서라도 훼방을 놓으려 몸이 달아 있었다.
'파리에 가서 대원수의 편지를 전해 주려는 걸 난 알지.
넌 아무도 모르게 그 편지를 부탁받아 전달한다고
생각하겠지만 그 사실을 내가 알고 있어. 그래, 그거야!'
당테스와 메르세데스가 음식점 안으로 들어가는 모습을
노려보던 당그라르는, 테이블 위에 얼굴을 파묻고
떨고 있는 페르낭의 어깨를 흔들었다.
"이봐, 페르낭! 메르세데스를 그토록 사랑했나?"

"물론이오! 당테스 놈을 찔러 죽일 생각까지 했을

정도로. 그렇지만 메르세데스가 당테스 녀석이 죽으면

자기도 따라 죽겠다고 하는 바람에……."

"그렇다면 내게 좋은 수가 있어. 자네를 도와 주지."

당그라르는 펜을 꺼내 왼손으로 잡더니 누구의 글씨인지

분간할 수 없는 괴상한 글씨체로 다음과 같이 끄적이기

시작했다.

존경하는 검사님,

저는 진심으로 국왕 폐하께 충성을 맹세한 사람입니다.

그런 제가 참으로 중대한 사실을 고발하려고 합니다. 그것은

오늘 아침 나폴리에서 돌아온 파라옹 호의 일등 항해사

에드몽 당테스의 반역 사건입니다.

그는 항해 도중에 엘바 섬에 들러 반역자 나폴레옹에게 수상한

집꾸러미를 전달하고 파리의 보나파르트 당 본부의 누군가에게로

가는 편지를 맡아 가지고 왔습니다. 당테스를 체포하시면 그의

범죄와 편지 내용을 확인하실 수 있을 것입니다.

"어때? 이것만 검사 손에 넘어가면 당테스는 반역죄로

감옥에 끌려가 10년은 족히 썩어야 할걸? 그렇게 되면

자네가 사랑하는 메르세데스가 어디로 가겠나?"

그 때 취해서 졸고 있던 카드루스가 흐리멍덩한
눈으로 소리쳤다.
"그게 뭐야? 누가 감옥에 들어가서 썩는다는 거야?
그건 파렴치한 짓이야!"
"아무것도 아냐. 그저 장난으로 해 본 소리라고.
자네 취했군. 이만 가 보세나."
당그라르는 편지를 일부러 가볍게 구겨서 테이블 밑으로
버렸다. 그러고는 카드루스를 부축해 일으켜 세웠다.
그 순간을 놓치지 않고 페르낭이 편지를 주워서
호주머니에 찔러 넣었다.

기쁜 날을 축복이라도 하듯 화창한 봄날이었다.
음식점 2층 레제르브는 손님들로 붐비고 있었다.
선주 모렐 씨를 비롯하여 파라옹 호의 선원들도 많이 와
있었다. 당테스와 메르세데스의 결혼을 축하하기 위해서였다.
당그라르와 페르낭, 카드루스의 모습도 보였다.
당테스와 메르세데스는 기쁨에 들뜬 행복한 표정으로
축하 인사를 받기에 바빴다.
한창 음식과 술로 흥겨운 분위기가 무르익어 갈 무렵이었다.

경위가 무장 경찰을 이끌고 음식점 안으로 들이닥쳤다.

"에드몽 당테스, 검찰의 명령으로 당신을 체포한다."

당테스 앞으로 다가온 경위가 소리쳤다.

식장은 순식간에 아수라장으로 변했다. 영문도 모른 채

수갑을 찬 당테스는 무장 경찰에 떠밀려 층계를 내려갔다.

놀란 축하객들도 웅성거리며 우르르 뒤따라 내려왔다.

"걱정하지 마십시오. 나는 아무 죄도 짓지 않았습니다.

틀림없이 뭔가 잘못된 겁니다."

당테스가 뒤돌아보며 말했다.

"다녀오세요, 당테스! 얼른 돌아오셔야 해요."

떠밀리듯 마차에 오르는 당테스에게 엎어질 듯 다가선

메르세데스가 울먹이며 소리쳤다.

이윽고 당테스는 마르세유 재판소에 도착했다. 젊고

날카로운 얼굴의 빌포르 검사가 심드렁한 얼굴로 심문을

시작했다. 그런 무고 사건이 많은 모양이었다.

"직업과 이름은?"

검사는 경찰이 압수해 온 자질구레한 증거품들을

곁눈질하며 심문을 시작했다.

"에드몽 당테스, 모렐 상회 소유의 화물선

파라옹 호의 일등 항해사입니다."

"체포되었을 때 무엇을 하고 있었나?"

"결혼 축하연을 열고 있었습니다."

검사는 놀란 듯 얼굴을 들었다.

"결혼 축하연을 열고 있었다고? 자네의 결혼
축하연을 말인가?"

"그렇습니다."

그 말에 검사는 물끄러미 당테스의 얼굴과 차림새를
바라보았다. 결혼하는 날 체포된 당테스의 기구한
운명에 동정하는 표정이었다.

이윽고 빌포르 검사는 아까보다 훨씬 부드러운
목소리로 입을 열었다.

"자네 혹시 다른 사람에게 미움을 사거나
시기를 받을 만한 일을 한 적 없나?"

"글쎄요, 모르긴 해도 그런 일을 한 기억은 없습니다."

"그렇지도 않아. 그 증거로 이렇게 자네를 고발하는 사람이
있지 않나. 이걸 자네에게 보여 주는 것은
규칙에 어긋나지만, 한번 보게나."

빌포르 검사는 서랍에서 구겨진 종이 쪽지

하나를 꺼내 당테스 앞에 놓았다.

종이에 씌어진 내용을 읽어 내려가던 당테스의 얼굴이 점점 흙빛으로 변했다.

"검사님 말씀대로 역시 누군가가 나를 시기하거나 미워하는 모양입니다."

"나도 그렇게 생각해. 그러니까 엘바 섬에 갔던 일을 사실대로 이야기해 보게."

당테스는 물끄러미 검사의 눈을 쳐다보았다. 한참 만에 당테스는 열병을 얻어 죽은 선장의 부탁으로 엘바 섬에 가서 베르트랑 원수를 만났던 이야기를 했다.

"듣고 보니 사실인 것 같군. 그래서 돌아오는 길에 원수로부터 편지를 파리로 전해 달라는 부탁을 받은 셈이군?"

"그렇습니다. 저는 선원으로서 선장의 명령을 충실히 이행할 의무가 있습니다. 더구나 선장께서 특별히 유언하신 내용이니 더욱 지킬 수밖에 없었습니다."

"좋아, 알았네. 앞으로는 자네의 행운을 시기하는 사람을 조심하게나."

검사는 그런 무고 사건에 진력이 난 듯 충고까지 해 주었다.

"그럼 이제 돌아가도 좋습니까?"

"그렇다네. 하지만 파리에 가져가려고
한 원수의 편지는 내놓고 가게."
"그 편지는 아마 검사님 앞에 놓여 있는
압수품 속에 들어 있을 겁니다."
"그래? 그 편지가 누구한테로 가는 거였나?"
"파리, 코크에롱 가 13번지의 누아르티에 씨에게
가기로 되어 있었습니다."
그 순간, 배웅할 듯 일어서려던 검사가 도로 안락 의자에
털썩 주저앉았다. 검사는 압수품들을 뒤져서 편지를
찾아 내더니 받는 사람의 이름을 뚫어져라 바라봤다.
한순간에 검사의 얼굴에서 핏기가 싹 가시고 편지를
쥔 손이 떨리기 시작했다.
"이 편지를 다른 사람에게 보인 적이 있나?"
검사가 떨리는 목소리로 물었다.
"맹세코 아무한테도 보이지 않았습니다."
"자네도 물론 편지 내용을 읽지 않았겠지?"
"물론입니다!"
"안된 일이지만 이 편지 때문에 자네를 곧바로 석방할 수가
없게 되었네. 굉장히 중대한 혐의가 나타났거든.

문제는 바로 이 편지일세. 가만있자, 그러면 되겠군.”
빌포르 검사는 난롯가로 가서 빨갛게 타오르고 있는
불 속에 문제의 편지를 던져 넣었다.
“자, 이러면 자네에게 불리한 증거는 없어진 셈일세.”
당테스는 깜짝 놀라 소리쳤다.
“오오! 검사님은 공정한 것 이상입니다. 정말 감사합니다!”
“그렇지만 자네는 오늘 저녁 때까지 여기 있어야 될 거야.
다른 사람이 와서 자네를 심문하게 되어도 절대로 편지에
대해서는 모른다고 하게. 그래야만 무사할 테니 말야.”
말을 마친 검사가 초인종을 눌렀다. 당테스를 체포해 왔던
경위가 들어왔다. 검사는 그의 곁으로 다가가 귓가에 대고
무슨 말인가를 속삭였다. 경위는 고개를 끄덕였다.
“이 사람을 따라가게.”
검사는 지극히 사무적으로 말했다.
당테스는 검사에게 고마움이 가득 담긴 눈길로
목례를 하고 경위를 따라 방을 나섰다.
문이 닫히는 것을 보고 검사는 무너지듯 털썩 의자에
주저앉았다.

지하 감방의 억울한 죄수

당테스는 재판소 안의 유치장에서 그 날 밤을 맞아야만 했다.

그렇지만 친절한 검사의 말을 믿었기 때문에 별로

불안해하지는 않았다. 이제나저제나 하고 감방에서

풀려날 시간만을 초조하게 기다리고 있었다.

이윽고 밤 10시가 넘었다. 그제야 가까이 오는

발소리와 함께 감방 문이 열렸다.

"나와!"

당테스는 드디어 풀려나는구나 하고 기쁜 마음으로 밖으로

나갔다. 복도에는 무장을 한 네 명의 헌병이 서 있었다.

"검사님의 분부입니까?"

“그렇다네.”

당테스는 뒤뜰에 세워져 있는 마차에 올랐다.

시가지를 내달린 마차는 항구로 향했다. 항구에는

커다란 보트가 기다리고 있었다.

“대체 나를 어디로 데리고 가는 겁니까?”

그제야 불안해진 당테스가 물었다.

“곧 알게 될 거다. 아무 말도 해서는 안 되게 되어 있다!”

헌병이 거칠게 대꾸했다. 당테스는 배에 오르면서도

검사의 친절을 믿으려고 애썼다.

보트는 등불이 반짝이는 카탈로니아 마을 앞을 휘돌아

파도를 가르고 앞으로 나아갔다. 당테스는 등불을

바라보며 메르세데스가 걱정이 되어 눈물을 글썽였다.

“지금 어디로 가는 겁니까? 제발 가는 곳이라도

가르쳐 주시오.”

당테스는 곁에 앉은 헌병의 무릎을 흔들며 애원했다.

“마르세유에 사는 뱃사람이 여기까지 와서도 그걸

짐작하지 못한단 말인가?”

헌병이 딱하다는 듯 말했다.

“정말입니다. 맹세코, 어디로 가는 건지 모르겠습니다.”

"그럼 저길 봐."

당테스는 헌병의 손가락이 가리키는 쪽을 바라보았다.
3백 미터쯤 앞에 있는 바위산 위에 우뚝 솟아 있는
이프 성채가 보였다. 한번 들어가면 결코 살아 나오지
못할 죄인들만 가둔다는 무시무시한 감옥이었다.
보는 것만으로도 몸서리가 쳐지는 '악마의 성'이었다.

"설마 저기로 나를 데리고 가는 것은 아니겠지요?"

"그건 너의 상상에 맡긴다."

"뭐라고요?"

당테스는 미친 사람처럼 벌떡 일어섰다. 그러고는 번개같이
바다로 뛰어들려고 했다. 그러나 그보다도 더 빠르게
헌병들이 그를 뱃바닥에 쓰러뜨리고 수갑을 채웠다.

"한 번만 더 그런 짓을 하면 머리통을 정통으로 쏴 버릴 거야."

헌병이 총구를 이마에 대고 소리쳤다.
불쌍하게도 당테스는 영문도 모른 채 악마의 성 깊숙한 감방
안에 갇히고 말았다.

루이 18세가 복위된 지 어느덧 1년이 넘었다. 그 무렵
감옥 검사관이 이프 성채로 와서 갇혀 있는 죄수 중 억울한

자가 있는지를 감사했다. 검사관을 만난 당테스는
자신에게는 아무 죄가 없음을 열심히 주장했다.
죄가 있다면 재판이라도 받게 해 달라고 애원했다.
당테스를 동정하던 검사관도 그의 죄명을 적은 검사의
기록을 읽고는 코웃음을 쳤다.

과격한 보나파르트 당원임. 나폴레옹 황제가 엘바 섬을 탈출하여
파리로 진격할 때 큰 도움을 줌. 극비에, 또한 엄중한 감시하에
감금할 것이 요구됨.

무려 4년이라는 세월이 흘렀다.
당테스는 절망과 슬픔에 빠져 이제 날짜를 세는 것도
포기했다. 풀려날 희망도 없이 고통스럽게 사느니
차라리 목숨을 끊을 결심을 한 것이었다.
간수가 가져다 주는 모든 음식을 먹는 척하고는 버렸다.
굶어 죽을 작정이었다.
몰라보게 기운이 빠진 당테스는 방구석에 비스듬히 쓰러져
벽에 뺨을 대고 죽음을 맞으려는 듯 누워 있었다. 그러자
이프 성채의 절벽을 치는 듯한 파도 소리에 뒤섞여,

벽을 통해 이상한 소리가 들려왔다.

'까끄랑 까끄랑…….'

그것은 큰 톱이나 강한 송곳 같은 것으로 돌을 긁는 소리였다.

꺼져 가던 당테스의 신경이 불꽃처럼 되살아나면서

그 소리에 집중했다.

세 시간쯤 지나서는 흙이 무너지는 것 같은 소리가

들리더니 잠시 조용해졌다. 그러다 다시 몇 시간 동안

까끄랑거리는 소리가 들리더니 마침내는 처음보다

훨씬 가깝게 들렸다.

그 소리는 아침이 될 때까지 계속되었다.

당테스는 아침에 간수가 가져온 빵을 깨끗이 먹어치웠다.

죽으려는 마음이 변한 것이었다.

밤이 되자 다시 돌 긁는 소리가 들렸다. 그는 떨리는 손으로

조각난 돌멩이를 주워 들고 그 소리가 들려오는 감방 벽을

두세 번 때리고는 반응을 기다렸다.

'감방 벽을 보수하는 수리공이라면 일을 계속할 것이고,

만약 그렇지 않다면……?'

그러자 짐작한 대로 그 소리는 딱 그쳤다.

'그렇다! 역시 내가 생각한 대로다.'

저 편에도 자기와 비슷한 처지의 죄인이 있어, 자유를

찾아 탈옥할 구멍을 뚫고 있는 것이 분명하다고 단정했다.

'좋다! 그렇다면 나도 힘을 보태 주어야겠다.'

그러나 그 순간부터 그 소리는 딱 멈춘 채 전혀 들려오지

않았다. 그의 신호를 듣고 놀라서 경계를 하는 것 같았다.

잠도 이루지 못한 채 귀를 기울이기를 사흘이나 계속했다.

드디어 4일째 되는 날 밤중에 다시 그 소리가

들려오기 시작했다.

'나도 굴을 파야 한다. 그러면 도중에 구멍이

맞뚫릴 테지. 그런데 연장이 하나도 없다.'

그는 여러 가지로 궁리하던 끝에, 실수로 사기 물병을 깨뜨린

것처럼 해서 그 조각을 두세 개 숨겨 두었다. 그랬다가

그것으로 벽의 가장자리를 헐어 내기 시작했다.

끈기 있게 작업을 계속한 덕에 이틀 후에는 사방으로

65센티미터나 되는 구멍을 뚫을 수 있었다. 그러자 사각형의

잘 다듬어진 돌이 나타났다. 그 돌 하나를 들어 내는 데는

한 달 이상의 시간이 걸렸다. 간수가 나타나기 전에 뜯어 낸

돌을 다시 제자리에 옮겨 놓아야 했으므로, 그럴 때마다 매번

찌그러진 침대를 벽에 떼었다 붙였다 해야 했다.

그러던 어느 날이었다.

"위에서 한숨 쉬는 자는 누구냐?"

너무 힘든 작업에 한숨을 쉬고 있을 때 벽을 통하여

누군가의 말소리가 들려왔다. 당테스는 화들짝 놀랐다.

정신을 바짝 차린 당테스는 속삭이듯 말을 건넸다.

"여보세요, 당신은 누구십니까?"

"그렇게 묻는 당신은 누구요?"

"내 이름은 에드몽 당테스, 마르세유에서 태어난

뱃사람입니다. 1815년부터 영문도 모른 채 억울하게

이 곳에 갇혀 있습니다."

당테스는 떨리는 목소리로 이렇게 대답했다.

저쪽에서는 잠시 말을 멈추었다. 그러더니 이윽고

좀 빠른 어조로 말했다.

"그래, 당신이 뚫은 구멍은 어느 정도의 높이지?"

"바닥과 거의 같은 높이입니다."

"방은 어느 쪽을 향해 있지?"

"복도 쪽입니다."

"아차! 계산이 틀렸어. 나는 당신의 방 벽을 성벽이라고

생각했어. 모든 일은 이제 실패로 돌아갔어……."

“실패라니요?”

“그래, 실패야. 당신도 구멍을 도로 메우는 것이 좋아.

아무 일도 하지 말고 내가 전해 줄 소식이나 기다리게.”

“잠깐! 당신은 나를 의심하고 계시지요?

내가 당신의 일을 간수에게 일러바칠 것으로 생각한다면,

지금 당장 벽에 머리를 부딪쳐 죽겠습니다.

앞으로는 목소리라도 듣게 해 주십시오. 제 소원입니다.”

“아직 젊은 모양인데, 몇 살인가?”

“나이를 잊었습니다. 체포당했을 때가 스무 살이

되기 며칠 전이었습니다.”

“나이를 들으니 안심이 되는군. 그 젊은 나이로

사람을 팔아먹으려는 생각은 않을 테니 말야. 기다려,

곧 그 쪽으로 나가게 될 거야. 내일쯤에는……..”

다음 날 저녁, 간수는 예전과 다름없이 음식을 가져다

주고 돌아갔다. 바로 그 때 구멍 속에서 규칙적으로

또닥또닥또닥 세 번 두드리는 소리가 들렸다.

당테스가 급히 일어나서 돌을 들어 냈다.

“간수는 사라졌겠지?”

“예, 갔습니다. 내일 아침이 되기 전에는 오지 않습니다.”

“그럼 그 쪽으로 간다.”

얼마 안 돼서 흙이 무너지는 소리가 나더니, 머리가

하얗게 센 노인의 얼굴이 구멍에서 불쑥 나타났다.

당테스는 놀랄 틈도 없이 노인의 어깨를 잡고 구멍을 빠져

나오는 것을 도왔다. 그러고는 희미하게 빛이 들어오고

있는 창가로 노인을 부축해 갔다.

“에드몽 당테스라고 했던가? 젊은이는 내가 누군지

궁금할 테지. 내가 바로 간수들이 미친 늙은이라고 부르는

파리아 신부라네. 1807년, 나폴레옹보다도 한발 앞서서

이탈리아를 통일하려다 붙잡혀서 1811년에 이 곳으로

옮겨져 지금까지 갇혀 지내고 있다네.”

노인은 당테스의 모습을 그윽한 눈으로 살펴보며 말했다.

“실패하셨으니, 이제는 어떻게 하실 건가요?”

“탈출에는 실패했지만 대신 젊은이를 만나게 되었으니

그것으로 만족해야지. 자유를 위한 나의 탈출 노력이

하느님의 뜻이 아님을 깨달았으니 말일세.”

당테스는 고개를 떨구었다.

“신부님! 생각을 바꾸셔서 다시 한 번 시도해 보지

않으시겠습니까? 10여 년이나 노력하신 것이 아깝지

않습니까? 구멍을 파는 일은 제가 하겠습니다.”

“자네의 용기는 가상하지만, 나는 이제 더 이상 희망이 없어.

설령 여러 해 노력해서 성벽에 구멍을 뚫는다고 해도,

거기는 몇십 미터나 되는 깎아지른 낭떠러지야.

탈출은 신의 뜻이 아님을 알게 되었어, 당테스.”

“그렇다면 간수가 저녁 식사를 가지고 올 때 단숨에

때려죽이고 탈출하는 것은 어때요?”

당테스는 지금까지 꿈에도 생각해 본 일이 없는

무서운 말을 뱉어 냈다.

“그건 안 돼! 어떤 이유로든 사람의 목숨을 빼앗는

일은 절대로 용서할 수 없어.”

파리아 신부는 단호하게 말했다.

“이렇게 이야기를 나눌 수 있는 친구를 갖게 된 것만으로도

족하네. 자네를 만나니 그 동안의 내 노력이 결코 헛되지만은

않았다고 생각되네. 자네는 아직 젊어. 그러니 희망을

버리지 말고 뭔가 뜻 있는 시간을 만들며 기회가 올 때까지

참고 견디게. 반드시 좋은 날이 올 거야.

그럴 수 있도록 내가 도와 주겠네.”

그 말을 남긴 파리아 신부는 좁은 구멍 속으로 모습을 감췄다.

미치광이 신부

다음 날 아침, 간수가 다녀간 뒤 당테스는 구멍을
통해 파리아 신부를 찾아갔다. 구멍에서 빠져 나온
당테스를 보자 신부가 말했다.
"지금은 8시 15분이네. 간수가 점심을 갖고 올 때까지
네 시간이나 여유가 있으니 천천히 이야기를 할 수 있겠구먼."
그 말에 당테스는 놀랐다.
"시계를 가지고 계신가요?"
"어리석은 소리. 저기 공기와 빛이 들어오는 작은 창을 보게.
그리고 벽을 보게. 벽에 복잡한 선이 그어져 있지?
어때, 보이는가? 그 선에 머물고 있는 쇠막대의 그림자를 보고

정확한 시각을 알 수 있지. 그것이 내가 만든 시계라네."

당테스는 감탄했다. 그러나 그 정도는 감탄할 일도 아니었다.

신부는 생선뼈로 펜을 만들고, 일요일이면 나오는

포도주에 난로의 그을음을 타서 잉크를 만들었다.

또한 셔츠의 천을 종이처럼 고르게 만드는 기술을 발명하여,

거기에다 「이탈리아를 통일하는 제국은 반드시 온다」라는

긴 논문을 쓰고 있었다.

게다가 프랑스 어와 이탈리아 어는 물론이고 독일어와 영어,

에스파냐 어를 마음대로 읽거나 쓰고 말할 수 있을 뿐만

아니라, 그리스 어도 읽을 수 있다고 했다. 그런 어학

실력으로 수많은 책을 읽어서 머리에 들어 있는 학식이

벌어진 입을 다물 수 없게 할 정도였다.

당테스는 지난 5년 동안 헛되이 탄식하고 서러워하고

세상을 저주하다가 끝내는 굶어 죽으려고 했던 자신이

부끄러워 고개를 들 수 없었다.

"무슨 생각을 하고 있는가?"

파리아 신부가 웃음 띤 얼굴로 물었다.

"신부님은 참으로 위대한 지혜와 힘을 지니신 분입니다.

신부님은 내가 어째서 이런 일을 당하고 있는지 알아 내실 수

있으리라 믿어집니다.”

“하긴 자네처럼 새파랗게 젊은 나이에 어쩌다 이런 끔찍한

곳에 갇히게 되었는지 궁금했는데, 어디 이야기해 보게나.”

당테스는 체포되었던 경위를 자세하게 이야기하기 시작했다.

“아주 젊은 나이에 선장이 되고, 예쁜 아가씨와 결혼까지

하게 되는 행운이 한순간에 박살이 났구먼.”

“그렇습니다.”

“자네의 그런 행운을 시기하고, 자네가 없어짐으로써

득을 보게 되는 사람이 분명히 있었을 거네.

그 사람이 누구인지 잘 생각해 보게.”

당테스는 잠시 생각에 잠겼다.

“같은 배를 타고 있는 사람들 중에 나를 시기하여 선장이 되는

걸 달갑지 않게 생각하는 사람이 한 명 있었습니다.”

“그럴 테지. 그 사람의 이름은?”

“당그라르입니다.”

“자네의 결혼을 반기지 않을 사람은?”

“메르세데스에게 결혼해 달라고 조르던

사촌 오빠 페르낭입니다.”

“내 생각에는 검사가 보여 주었다는 그 고발장을 쓴 사람은

틀림없이 당그라르일세. 그는 자네가 엘바 섬에

갔을 때부터 모든 것을 감시하고 있었던 거야.”

“하지만 필적이 그의 것이 아니었습니다.”

“이렇게 어리석긴! 다른 사람을 시켰을 수도 있지만

왼손으로 썼을 수도 있어.”

그러면서 신부는 왼손으로 당테스가 말한 내용의

한 구절을 써 보였다.

“맞아요! 이런 글씨체였습니다. 그리고 보니

메르세데스를 만나던 날, 당그라르와 페르낭, 그리고

주정뱅이 재봉사 카드루스가 함께 술집에 있었습니다.”

당테스는 자기도 모르게 큰 소리로 말했다.

“그랬다면 내 생각이 틀림없군. 세 사람이 공모한 거야.”

“그렇다고 해도 단 한 번의 심문만으로, 어째서

재판도 받지 않고 이런 끔찍한 지옥으로 보내졌는지

그 이유를 모르겠습니다.”

“그건 정말 어려운 질문이군그래. 자네를 심문한

검사의 이름이 뭐라고 했나?”

“빌포르였습니다.”

“검사가 심문하는 태도는?”

"아주 친절했습니다. 베르트랑 원수의 편지가 나를 불리하게
할 것이라면서 내 눈앞에서 불태워 없앨 만큼 말이죠."
"불태웠다고? 중요한 증거물을 조사하던 검사가 증거물을
불태우다니……. 그 편지를 받기로 되어 있던 사람의
주소와 이름을 기억하나?"
"물론입니다. 파리 코크에롱 가 13번지,
누아르티에 씨가 그 편지를 받기로 되어 있었습니다."
당테스의 대답에 파리아 신부가 웃음을 터뜨렸다.
"이봐, 당테스 군. 자네는 지독히도 운이 없었어. 누아르티에
빌포르는 바로 그 검사의 아버지였어. 나폴레옹이 집권했을
때 원로원 의원을 지낸 보나파르트 당의 거물이지. 검사는
자네를 위해서가 아니라 자신의 출세길을 막을 수도 있는
증거를 태워 버렸던 거야. 그리고 그 일을 영원한 비밀로
하기 위해 자네에게 엉뚱한 죄를 뒤집어씌워
이 무덤 속에 처넣어 버린 거라고."
신부의 말을 들은 당테스는 얼굴이 새하얗게 질려
자리에서 벌떡 일어섰다.
"신부님, 감사합니다. 이제 혼자 있고 싶습니다."
당테스는 비밀 통로를 통해 자신의 감방으로 돌아왔다.

당테스는 와들와들 떨면서 침대 위로 쓰러졌다.

'나쁜 놈들! 반드시 살아 나가 복수하고 말 테다. 반드시!'

간수가 저녁 식사를 날라다 주고 간 뒤, 파리아 신부가

당테스의 방으로 찾아왔다.

"공연히 자네를 괴롭게 하고 복수심만 불어넣은 것 같아

마음이 아파서 찾아왔네."

"아닙니다, 신부님! 그렇잖아도 제가 신부님을

찾아가려던 참이었습니다."

"그랬어?"

"네, 신부님! 저는 배운 게 없는 뱃놈입니다. 저에게

신부님이 지니신 학문과 지혜를 가르쳐 주실 수 없겠습니까?"

"오, 그럴 생각인가? 좋아! 학문이라는 것은 끝이 없는

것이지만 내 머리에 있는 것을 자네 머리로 옮기는 데는

2년이면 충분하지."

그 때부터 파리아 신부는 날마다 어학과 수학, 물리학,

역사, 철학 등 여러 가지 학문을 당테스에게 가르치기

시작했다. 뛰어난 두뇌를 가진 당테스는 가르쳐

주는 대로 쉽게 깨우쳤다.

반 년도 안 되어 에스파냐 어, 독일어, 영어를 말할 수 있게

되었다. 그리고 1년쯤 지나자 그의 말버릇이며

몸가짐은 다른 사람처럼 의젓하게 변했다.

그러던 어느 날, 공부를 가르치던 신부가 갑자기

괴로운 신음 소리를 내며 쓰러졌다.

"빨리빨리……. 내 생명을 빼앗으려는 무서운 병이 왔네.

내 침대를 들면 오른쪽에 빨간 약이 절반 가량 남은 약병이

있어. 내 입을 벌리고 약을 여덟 방울이나 열 방울쯤

떨어뜨려 주게."

당테스는 서둘러 시키는 대로 했다. 반 시간쯤 지나자

신부의 얼굴에 핏기가 돌고 숨소리도 고르게 들렸다.

"고맙네, 당테스! 자네 덕으로 두 번째 발작은 넘겼지만,

세 번째 발작이 오면 만사 끝이지. 내일 아침에 찾아오게나.

그 때 자네에게 줄 것과 이야기할 것이 있네."

신부는 힘없이 말했다.

이튿날 아침 당테스가 찾아갔을 때 신부는 기분이 매우

좋아진 것 같았다. 한쪽 손에 절반쯤 불에 그을린 낡은 종이를

쥐고 침대에 걸터앉아서는 웃음 띤 얼굴로 말했다.

"당테스, 이걸 보게나. 이 종이 조각은 나의 보물이야.

그렇지만 오늘부터는 절반은 자네 것이 되었어."

문득 당테스는 신부가 간수들에게 '미치광이 신부' 란 소리를 듣고 있다는 것을 생각해 냈다. 신부가 꿈 같은 보물 이야기를 하면서 자신을 석방시켜 주면 엄청난 돈을 내놓겠다고 떼를 쓰곤 했다고 했다.

당테스는 그의 학문이나 지혜, 그리고 사람을 끌어당기는 인품을 우러러보며 존경하였다. 더욱이 지금에 와서는 선생이요, 아버지며, 유일한 벗이었다. 그렇지만 꿈 같은 보물 이야기에는 흥미가 없었다.

'내게도 보물 이야기를 하시는 것을 보니 정신이 이상하게 되셨구나.'

당테스는 고개를 저으며 신부를 걱정했다.

"자네가 나의 보물 이야기를 무시하려고 하지만, 그러면 안 돼. 좀 참고 들어 봐. 내 병이 언제 다시 발병할는지 몰라. 그렇게 된다면 만사가 수포로 돌아가게 돼. 그 때까지는 꼭 그 보물 이야기를 자네에게 해야겠어. 그리고 그것을 꼭 자네에게 남기고 싶다네. 일은 매우 급해……."

이처럼 간곡한 말을 듣고는 피할 수 없었다.

"지금으로부터 약 3백 년 전에 이탈리아에 스파다라고 하는 귀족이 살고 있었어. 그는 이탈리아 제일의 부자였지. 그 당시

로마 교황께서는 많은 돈이 필요해서 스파다를
불러다가 대접을 하게 되었단 말이야……."
계속되는 파리아 신부의 이야기를 간추리면 이랬다.
로마 교황이 스파다를 초청한 것은 그를 독살하여 재산을
빼앗으려는 흉계였다. 스파다는 초청 잔치에서 돌아오는
도중에 죽었다. 교황은 스파다의 유산을 빼앗으려고
하였으나, 그는 이미 그것을 예상하고 있었으므로
재산 목록은 없었고, 유언서 한 장뿐이었다.

사랑하는 조카에게.

작은 상자와 서적류, 가장자리에 금으로 장식한 기도서를 남긴다.

삼촌의 기념품으로 보존하라.

유언장에는 이렇게 씌어 있을 뿐이었다. 가족들은 따로
유언장이 있음직한 곳을 모조리 찾아보았다.
그러나 어디에도 그런 것은 없었다. 그로부터 3백 년이 지나는
동안 그의 후손들은 여러 방면으로 탐색해 보았지만
보물을 둔 곳은 알 길이 없었다.
스파다 가문 최후의 자손은 백작으로 외교관이었는데,
파리아 신부는 오랫동안 그의 비서로 일하였으며,

그의 가장 친한 벗이었다.

"그 때가 1807년, 내가 잡히기 한 달 전이야. 내가 모시던
스파다 백작은 돌아가셨어. 백작은 독신이었으며 후계자도
없었어. 말하자면 스파다 일가의 마지막 사람이었지. 그가
임종이 가까웠을 때, 나와의 우정을 생각하여 5천 권의
장서와, 대대로 내려오는 금으로 가장자리를 장식한 기도서와
1천 에퀴의 금을 나에게 주었어. 그러나……."

그는 잠시 말을 끊었다가 다시 계속했다.

"당테스, 이야기는 거의 끝났어. 백작이 돌아가신 후 보름이
되던 날 유산을 정리하던 나는 몸이 피곤하여 끄덕끄덕 졸고
있었지. 퍼뜩 눈을 뜨고 보니 사방은 캄캄했어. 불을 켜자니
손에 성냥이 잡히지 않더군. 난로에서 불을 붙여 오자니
사방에 널린 것은 중요한 서류뿐이었어. 그래서 얼핏 종이
한 장을 손에 쥐었는데, 바로 백작에게서 받은 기도서 속에
있던 누렇게 변한 종이였던 거야. 난 아무 생각 없이 그것을
쥐고 난롯가로 갔지. 그 종이를 구겨 쥐고 불을 대니 곧 불이
붙었어. 그 때 그 종이에 글씨가 보이지 않았겠나. 재빨리
불을 끄고 보았지만, 이미 종이는 상당 부분 타 버리고
말았다네. 그것이 바로 자네에게 보여 주는 이 종이일세."

신부는 다시금 그 종이를 내놓았다.

이번에는 당테스도 정신을 가다듬어 읽어 보았으나

역시 의미를 알 수가 없었다.

"그렇다면 이것과 둘을 합하여 읽어 보게. 타 버린 종이의

크기와, 문장의 길고 짧은 것을 생각해서 보충한 것이라네."

신부는 이렇게 말하면서 다른 종이 한 장을 끄집어 냈다.

당테스가 그 둘을 합쳐서 보니 다음과 같이 씌어 있었다.

1498년 4월 25일, 고향 페하로부터 오찬에 초대받았으니,
혹시 나를 독살하고 재산을 몰수하려는 생각에서인지도 모르는
일이어서 상속자인 조카에게 다음과 같이 기입해 둔다.
즉 내가 소유하고 있는 금, 금화, 다이아몬드, 보석류,
가격으로 약 2천만 에퀴의 보물을 몽테크리스토 섬 동굴 속에
파묻어 두었다. 이를 찾아내려면 동굴 작은 만 입구에서부터
스무 번째의 바위를 들어라. 동굴은 둘이 있는데,
보물은 제2의 동굴 속 제일 깊은 구석에 묻혀 있다.
이 재산은 남김없이 상속자의 소유가 된다.

"어때? 이제 모든 것을 알겠는가? 나는 곧 몽테크리스토
섬으로 출발하려고 서두르다가 그만 이 꼴이 되고
말았지……. 만약 우리 둘이 여기를 탈출할 수 있다면
절반은 내 것, 절반은 자네 몫이야. 그러나 내가
이 곳에서 죽으면 보물은 모두 자네 것이야."
그 날 이후 두 사람은 친아버지와 아들처럼
더욱 가깝게 지냈다.
그렇게 몇 달이 지나갔다. 파리아 신부의 병세도
점점 나빠지고 있었다. 당테스는 신부의 건강을 몹시

걱정하며 하루하루를 보냈다.

어느 날 밤, 자신을 부르는 소리에 소스라치게 놀란

당테스는 비밀 통로를 통해 황급히 신부의 방으로 갔다.

아니나다를까, 신부는 침대를 붙잡은 채 신음하고 있었다.

얼마 전에 당테스를 놀라게 했던 바로 그 발작 증세였다.

"이봐, 당테스. 이제는 가망이 없어. 이번에는 그 약을

열두 방울 가량 떨어뜨려 주게. 그래도 일어서지 못하면

나머지를 전부 부어. 으으으……, 몸이 점점 식는다."

"아! 아아, 하느님……."

당테스는 신부의 입에 약을 흘려 넣으며 기도했다.

그 밖에 아무 일도 할 수 없는 것이 너무도 가슴아팠다.

가슴이 너무 아파 당테스는 그만 주저앉아 침대에

얼굴을 파묻었다.

"자, 앞으로 자네가 할 일을 생각해 두게. 자네는 젊고 힘도

있어. 내가 죽은 후에는 모든 기회를 이용해야 하네.

기회를……. 스파다의 보물을 잊지 말게."

신부는 당테스의 손을 잡고는 마지막 숨을 몰아쉬다가 덜컥

고개를 떨구었다. 그것이 신부의 마지막이었다.

다시 세상으로

다음 날 아침이었다.

아침밥을 나르는 간수가 당테스의 방에 식사를

넣어 주고는 파리아 신부 방으로 갔다. 간수의 뒷모습을

보고 당테스는 재빨리 비밀 통로를 통해 벽에 귀를 기울였다.

파리아 신부가 죽은 것을 확인한 간수가 동료들을 불렀다.

곧 파수병과 간수장이 달려왔다. 간수장이 신부의 감긴 눈을

뒤집어 보고 뺨을 때려 보아도 반응이 없자 의사를

부르러 사람을 보냈다.

얼마 후, 이프 성채 수비대 사령부의 장교와 함께

의사가 와서 검시를 했다.

“죽었소. 병사입니다.”

의사가 말했다.

“불쌍한 노인이야. 정신이 좀 이상했지만 점잖고
기품 있는 분이었지. 죽음을 확인했으니 될 수 있는 대로
새 자루에 넣어 장사를 지내도록 해!”

이내 침대가 삐걱거리더니 무거운 짐을 들어
옮기는 듯한 둔한 발소리가 났다. 신부의 시체를
자루 속에 넣는 모양이었다.

“장사는 몇 시에 지낼 것입니까?”

“오늘 밤 10시나 11시에 지내도록 한다.”

자물쇠가 잠기는 소리가 나더니 이내 고요한 적막이
찾아왔다. 시체만 남기고 사람들이 모두 철수한 것을 확인한
당테스는 신부 방으로 건너갔다. 신부의 시체 앞에 무릎을
꿇고 앉으니 주체할 수 없는 눈물이 쏟아졌다.

‘그렇다. 나도 죽어 버리자. 이 곳에 들어오는 간수의 목을
비틀기만 하면 나도 단두대로 끌려가 목이 잘리게 될 거다.’
절망에 빠진 그는 이렇게 혼자 생각했다. 그러나 얼마 후
다시 생각을 돌이켰다.

‘그것은 안 될 말이다. 10년도 넘게 고생하고 지금에 와서

죽다니……. 나에게는 죽기 전에 복수해야 할
녀석들이 있다. 싸워야 한다.'
때마침 어떤 생각이 머리를 스쳤다. 처음엔 그 생각의
무서움에 몸서리를 치며 이마를 짚었으나, 다시 머리를
치켜들고 눈을 부라리며 중얼거렸다.
"하느님, 당신이 이런 생각을 나의 마음 속에
불어넣으셨습니까? 죽은 사람이 아니고는 나갈 수 없는
감옥에서라면……. 좋다, 해 보자!"
'모든 기회를 놓치지 말라' 던 파리아 신부의 목소리까지
들리는 것 같았다. 그 소리에 힘을 얻은 당테스는 재빨리
자루의 이음매를 풀기 시작했다. 그러고 나서 시체를 자루
속에서 꺼내 자기 방 침대에 옮겨다 눕혔다. 당테스는 차가운
신부의 이마에 마지막 이별의 키스를 하고, 이불을 머리까지
푹 덮어 씌웠다. 그리고 신부 방으로 되돌아와서는 자루 속에
들어가 안에서 꿰매었다.
드디어 장사 지낼 시각이 되었다. 계단을 내려오는
발소리가 들리더니, 세 사람이 감방 안으로 들어왔다.
두 사람이 침대 가까이 와서 자루의 양쪽 귀퉁이를 잡고
들어올렸다.

"이거 되게 무겁군. 미친 말라깽이 영감이

이렇게 무겁다니 이상하지 않아?"

당테스는 아찔했다. 당테스는 미리 준비하고 있던

작은 칼을 힘주어 잡았다.

"시체는 으레 무거운 법이야. 쓸데없는 소리 말고

빨리 들것에다 옮겨 싣기나 하세."

자루는 침대에서 들것으로 옮겨졌다. 등불을 든

사람이 앞장을 서서 계단을 올라갔다. 복도에 나오니

찬 밤바람 소리가 매섭게 들렸다. 기다리고 있던 누군가가

무엇인가 무거운 것을 자루에 매다는 것 같았다.

"이제 됐다. 밖으로 나가자!"

거의 50발짝 가량 나아가자 문이 열리며 밖으로 나왔다.

한 걸음 한 걸음 앞으로 나아갈수록 이프 성채의 절벽을

두들기는 파도 소리가 뚜렷하게 들렸다.

얼마쯤 가다가 들것을 든 사람들이 걸음을 멈추었다.

바로 밑에서 으르렁거리는 듯한 성난 파도 소리가 들려왔다.

"하나, 둘, 셋!"

자루 속에 담긴 당테스의 몸이 위로 들렸다가 허공에

내던져졌다. 무거운 쇳덩어리가 사정없이 밑으로 잡아당겼다.

“으악!”

당테스는 자신도 모르게 비명을 질렀다. 머리카락이
솟구쳤고, 심장의 고동도 멈추었다. ‘풍덩’ 하는 물 소리와
함께 자루는 빠르게 물 속으로 잠겨들기 시작했다.
잠시 정신을 잃었던 당테스는 손에 쥐고 있던 칼로 자루를
찢고 자루 밖으로 몸을 빼냈다. 물 위로 떠오른 당테스는
절벽의 반대 방향으로 헤엄을 치기 시작했다. 헤엄치기라면
누구에게도 빠지지 않는 당테스도 높은 파도에 휩쓸려
몇 번이고 죽을 고비를 맞아야 했다. 목표는 이프 성채에서
4킬로미터쯤 떨어져 있는 무인도 타브랑이었다.
다음 날 이른 아침이었다. 크지 않은 범선 한 척이 경쾌한
바람에 돛을 달고 마르세유 항에서 출항했다. 이 배는
그 당시 지중해 연안에 들끓던 밀수선 중 한 척이었다.
세관의 눈을 피하기 위해 간밤의 거친 파도가 채 가시지
않은 바다로 나선 것이다.
이 배가 타브랑 섬 1킬로미터 지점에 이르자, 난파선의
표류물들이 보이고 구조를 요청하는 소리가 들렸다.
흩어진 선체 조각에 매달린 선원 두 사람이 선원모를 높이
쳐들고 흔들고 있었다.

"간밤의 폭풍에 난파한 놈들인가 보군.

같은 뱃사람이다. 살려 주자."

그들은 속력을 늦추고 보트를 내려 구조 작업에 착수했다.

그러나 한 사내는 힘없이 축 늘어진 채 끝내 죽고 말았다.

살아남은 한 사내도 거의 죽어 가는 모습이었다.

"정신차려라, 이놈아! 이 바보 녀석 같으니."

살아 있는 선원을 끌어올린 밀수선의 선원들이

그의 뺨을 때리며 고함을 질렀다.

선원들은 그를 데리고 보트에서 본래의 밀수선으로 옮겨

탔다. 선원들은 그의 몸을 담요로 싸 주고는 온몸을 문지르고

럼주를 먹이면서 기운을 차리게 해 주었다. 그러자 얼마 후,

그가 정신을 차렸다. 선장이 그에게 심문하듯 물었다.

"너는 뭐 하는 사내냐?"

"나는 마르타에서 태어난 선원입니다. 오늘 새벽에

폭풍에 밀리던 배가 절벽에 부딪혀 부서졌습니다.

가엾게도 동료들은 모두 죽었나 봅니다."

"그걸 몰라서 물은 게 아냐. 선원이 어째서 그런

모습을 하고 있는지를 묻고 있다고!"

"이 머리와 수염 말이군요? 까닭이 좀 있어요. 사실은

노트르담 사원에서 10년 동안 머리와 털에 손을 대지
않기로 맹세했거든요. 오늘이 바로 그 10년째 되는 날이지요.”
구조된 선원이 태연하게 대꾸했다. 그가 바로 당테스였다.
그는 죽을 힘을 다해 파도와 싸우며 헤엄친 끝에 타브랑 섬에
닿았다. 그 때 배 한 척이 파도에 휩쓸려 절벽에 부딪히며
산산이 부서지는 것을 보았다. 아침이 되어 태풍이 그치자
저만치 흰 돛을 단 배가 보였다. 그걸 보고 그는 바닷가까지
떠밀려 온 죽은 선원의 옷을 벗겨 입고는, 다시 바다로
뛰어들어가 모자를 흔들며 구조를 요청했던 것이다.
밀수선에 구조된 당테스는 일등 항해사였던 실력을
유감없이 발휘했다. 그의 뛰어난 항해 기술에 탄복한
선장은 계속해서 함께 일하자고 했다.
“고맙습니다, 선장님. 타던 배가 난파되어
일자리를 잃었는데 잘 되었습니다.”
밀수선에서 당테스는 그가 구조된 날이
1829년 2월 28일이라는 것을 알았다.
‘아, 1829년! 이프 성채에 갇혀 14년을 흘려보냈구나!
내 나이가 벌써 서른세 살이라니!’
당테스는 감정이 복받쳐 울렁이는 가슴을 진정시키기

위해 안간힘을 써야만 했다.

'나를 이 꼴로 만든 놈들을 결단코 용서하지 않으리라!'

밀수선 선원 생활 중에 당테스는 몽테크리스토 섬을

여러 번 지나칠 수 있었다. 무심한 듯 섬을 바라보며

그는 남몰래 주먹을 불끈 쥐었다.

'기다리자. 급히 서둘러서는 안 된다.'

2개월 반쯤 지난 어느 날이었다. 당테스가 탄

밀수선은 터키에서 온 밀수선을 만나 밀수품을 옮겨

싣는 장소로 몽테크리스토 섬을 선택하게 되었다.

드디어 참고 기다리던 기회가 온 것이다.

'그래, 신부님이 기회를 놓치지 말라고 하셨지.

하느님, 감사합니다.'

밤 10시쯤에 당테스가 탄 배가 몽테크리스토 섬에 닿았다.

상대쪽 배가 먼저 도착하여 기다리고 있었으므로

그 날 밤은 배에서 배로 짐을 옮겨 싣는 일로 바빴다.

날이 샐 무렵에야 모든 작업이 끝났다.

선원들은 모두 녹초가 되었다. 선장은 반나절

동안의 휴식 시간을 주었다.

"내가 가서 산양을 한 마리 잡아 오지. 그것으로 맛있는

점심 식사를 하세나.”

당테스는 그를 따르는 자콥과 함께 총을 들고
섬 안으로 깊숙이 들어갔다. 얼마 되지 않아 둘은
아기산양을 한 마리 잡았다.

“자콥, 이걸 가지고 먼저 돌아가게. 나는 한 마리 더
잡아 뒤따라갈 테니. 혹시 식사 준비가 되어도 돌아가지
않거든 총을 쏘아 신호를 해 주게.”

“좋아, 그렇게 하지.”

당테스는 자콥을 먼저 돌려보내고 바위 사이를 더듬어
올라갔다. 신부가 준 유서의 내용을 기억하며 헐레벌떡
찾아다녔지만 유서에서 말한 바위를 찾아 낼 수가 없었다.
그 때 점심 식사 준비가 되었다는 총 소리가 들려왔다.
총 소리를 듣고 당테스는 마치 노루새끼처럼 날쌔게
바위에서 바위로 곤두박질치듯 달려 내려갔다. 그러다
그만 발을 헛디뎌 바위 아래로 굴러 떨어지고 말았다.

“앗! 큰일났다.”

그 모습을 보고 있던 선원들이 놀라서 달려왔다. 당테스는
높이 4, 5미터나 되는 바위에서 굴러 떨어져 기절해 있었다.
럼주를 먹여서 정신은 차리게 했으나 허리와 무릎을

다쳐서 일어날 수 없을 뿐만 아니라 손만 대어도
숨이 넘어가는 듯 비명을 질러 댔다.

"이 일을 어쩌지……."

선장이 쓴 입맛을 다시며 중얼거렸다. 아픈 당테스를
버려 두고 떠날 수도, 이 곳에서 마냥 시간을 낭비하며
기다려 줄 수도 없는 노릇이었다.

"죄송합니다. 2, 3일만 지나면 일어날 수 있으니
신경 쓰지 말고들 떠나십시오. 돌아오는 길에 잊지 말고
들러서 나를 데려가 주시면 됩니다."

당테스는 자기 때문에 모두가 곤혹스러워하는 모습을 보자
너무나 미안해하며 말했다.

"그럼 내가 남아서 시중을 들지."

자콥이 말했다. 당테스는 고개를 가로저었다.

"무슨 말인가. 배에는 할 일이 많아. 내 걱정 말고 같이
떠나게. 자네 몫도 타야 할 게 아닌가 말야."

당테스의 말대로 그를 남겨 놓고 예정대로 배가 떠나기로
했다. 비스킷과 몸이 나으면 사냥을 할 수 있도록 총과 화약,
비가 오면 몸을 피할 움막을 지을 수 있도록 곡괭이 같은 것을
남기고는 선원들이 탄 배는 떠나갔다.

확인

한 시간여 만에 밀수선은 수평선 너머로 사라졌다.

그러자 당테스는 언제 다쳤느냐는 듯 벌떡 일어났다.

동료들을 따돌리고 혼자 남아 보물이 숨겨진 동굴을

찾기 위해 크게 다친 척 연극을 했던 것이다.

그는 노루새끼보다 재빠르게 바위에서 바위를 타고 섬의

꼭대기에 올라섰다. 그 곳에서 보면 스파다의 유언장에 있는

동쪽의 작은 만도 바로 눈 아래 있었다.

드디어 그는 바위 그늘에 표시된 암호를 찾아 냈다.

거기서 60발짝쯤 올라가 보니 큰 바위가 가로막아 더 이상

갈 수 없는 곳에 닿았다. 바위와 바위틈에 다른 데서 들어다

틀어막은 뚜껑과 같은 큰 바윗돌이 있었다.

얼핏 보아서는 처음부터 있던 바위로 보이지만

유언장에서 설명한 그 바위임이 분명했다.

틀림없이 찾았다고 확신은 했으나, 동굴 입구로

들어가자면 돌을 들어 내야만 했다. 당테스는 굵고

튼튼한 나무 하나를 베어다 지렛대로 삼아 밀어 보았지만

바위는 꿈쩍도 하지 않았다. 이 때 문득 자콥이 두고 간,

산양 뿔 속에 들어 있는 화약이 생각났다.

“옳지. 그것으로 하자.”

얼른 바위틈에 화약을 부어 놓고 옷을 찢어서

도화선을 만든 다음 불을 붙이고는 몸을 피했다.

‘꽝’ 하고 화약이 터지고 주변의 돌이 허공을 갈랐다.

당테스가 달려가 살펴보니 밑받침을 한 돌들은 산산조각 나

날아갔고 입구의 바위만 흔들거리고 있었다.

힘껏 밀어 보았더니 바위는 뜻밖에도 큰 소리를 내면서

옆으로 쉽게 쓰러졌다. 바위 뒤에는 밑으로 밋밋하게

통하는 동굴이 입을 열고 있었다.

동굴을 본 순간, 당테스의 얼굴은 백지장처럼 창백해졌고

숨도 가빠졌다. 몸이 후들후들 떨렸다.

당테스는 겨우 마음의 동요를 가라앉히고 주의 깊게
동굴을 살펴보았다. 동굴 속은 그다지 어둡지가 않았다.
서둘러 안으로 들어가 보니 밑바닥에는 모래가 깔려 있고
주위는 전부 화강석으로 되어 있을 뿐, 어느 한 구석도
보석을 숨겼을 만한 곳은 보이지 않았다.
'그래, 이것은 제1동굴이다. 동굴은 두 개가 있고,
보물은 제2동굴에서 더욱 깊숙한 구석에 있다고 했다.
이제부터 그 입구를 찾아야지…….'
당테스는 용기를 내어 이쪽 저쪽을 살피다 곡괭이로
벽을 두들기기 시작했다. 화강석 벽 한쪽이 '쿵쿵' 울리는
소리가 났다. 곡괭이로 그 곳을 찍었더니 이내 벽이
무너지고 제2동굴 입구가 나타났다.
제2동굴은 제1동굴보다 좁고 낮았다. 겨우 안으로 들어가자
왼편으로 구부러진 곳에 깊숙한 구덩이가 있었다. 당테스는
그 곳을 곡괭이로 파기 시작했다. 대여섯 번쯤 곡괭이로 팠을
때, '뎅그렁' 하고 무언가 부딪치는 소리가 났다.
당테스는 자기도 모르게 소리를 지르면서 주저앉고 말았다.
다시 정신을 차린 그는 미친 듯 그 곳을 파헤쳤다.
이윽고 은으로 만든 스파다의 문장이 찍혀 있는 훌륭하고

큰 궤짝이 나타났다. 곡괭이로 자물쇠를
부수고 궤짝을 열었다.
궤짝에 가득한 보물이 그 찬란한 모습을 드러냈다.
3백 년 동안 지하에 파묻혀 있던 스파다의 보물이었다.
상자는 세 칸으로 나누어져 있었다. 첫 번째 칸에는 금화가
가득 들어 있었다. 두 번째 칸에는 순금 덩어리가 차곡차곡
쌓여 있었다. 세 번째 칸에는 진주, 루비, 다이아몬드 같은
보석들이 가득 들어 있었다. 파리아 신부가 알고 있던 정도가
아닌, 그야말로 상상할 수도 없을 만큼 많은 보물이었다.
엿새 뒤에 밀수선이 몽테크리스토 섬으로 돌아왔다. 밀수선을
타고 리보르노에 닿은 당테스는 유대인 보석상에 들러
다이아몬드 몇 개를 돈으로 바꾸었다. 동굴을 빠져 나오면서
다이아몬드 한 움큼을 주머니 속에 넣어 왔던 것이다.
"선장님, 그 동안 정말 고마웠습니다. 이 곳에 사는 친척을
만났더니, 뜻밖에도 마르세유에 사는 돈 많은 아저씨가
돌아가시면서 내게 많은 재산을 남기셨다는 소식을 전해
주는군요. 하루 빨리 마르세유로 돌아가 유산을 받고,
그 돈으로 장사라도 해 볼까 합니다."
"그거 참 반가운 소식이군그래. 그렇지만 이렇게

헤어지게 되니 섭섭하이.”

당테스가 작별 인사를 하자 밀수선의 선장은

몹시 섭섭한 얼굴로 말했다.

밀수선 선원들과 헤어진 당테스는 곧장 조선소가 많은

제노바로 향했다. 그 곳에서 최고급 요트 한 척을 주문했다.

선실 밑에는 견고한 비밀 상자를 만들고,

그것을 세 칸으로 구분해 달라는 특별 주문을 했다.

배가 완성되자 당테스는 요트를 몽테크리스토 섬으로 몰았다.

최신형 요트는 놀라운 성능으로 파도를 가르며 달려갔다.

섬에 도착한 당테스는 동굴 속에 있는 보물을 남김없이

요트의 비밀 상자에 옮겨 실었다.

요트는 예정보다도 훨씬 빨리 마르세유 항 부두에 도착했다.

이프 성채로 끌려갔던 바로 그 부두였다.

이 곳에서 그는 영국인 몽테크리스토 백작이라는

여권을 보이고 당당히 마르세유 땅을 밟았다.

4,5일 뒤, 마르세유에서 조금 떨어진 보케르 어귀에 있는

한 초라한 여인숙에 말을 탄 신부가 찾아왔다. 신부는 여인숙

앞에서 말을 내리더니 땀을 닦으며 안으로 들어섰다.

안에 있던 주인이 재빨리 뛰어나왔다.

"어서 오십시오, 신부님. 무슨 일로 오셨습니까?"

신부는 그 말에는 대답하지 않고 물끄러미 주인을

쳐다보다가 입을 열었다.

"당신이 혹시 마르세유에서 양복점을 운영했던 재봉사

카드루스 씨가 맞습니까?"

"네, 그렇습니다. 그런데 신부님은?"

"잘 찾아왔군. 나는 당신의 친구였던 당테스에게서

부탁을 받고 온 부소니 신부입니다."

"오, 에드몽 당테스! 그는 지금 어디에 있습니까?

살아 있습니까, 죽었습니까?"

"감옥에서 죽었습니다. 나는 직업상 그의 임종을

지켜보고 유언을 들었습니다."

"네, 죽었다고요? 오, 가엾어라, 당테스가 죽다니!"

카드루스는 과장된 표정을 지으며 소리쳤다.

부소니 신부도 안됐다는 듯이 그의 말을 이었다.

"정말 가여웠습니다. 그 사나이는 자기가 무슨 죄로

체포되어 이 지경으로 죽게 되었는지, 그 까닭을 모르는

것이 가장 원통하다고 하더군요."

그 말에 카드루스의 표정이 순간적으로 일그러지는 것을

신부는 놓치지 않았다.

"함께 감옥에서 생활하던 어떤 이탈리아 부자가 석방되면서
당테스에게 커다란 다이아몬드 한 알을 주었다더군요.
전염병을 앓는 자신을 극진히 시중들어 준 데 대한
사례라면서요. 당테스는 그 다이아몬드를 내게 맡기며,
그걸 팔아서 그의 아버지, 그리고 약혼한 여자와 세 친구에게
나눠 주라고 부탁했습니다. 보석상에 감정해 보니
5만 프랑이나 받을 수 있는 다이아몬드더군요."
말을 마친 신부는 주머니에서 검은 상자를 꺼내
뚜껑을 열어 보였다. 그 속에서 커다란 다이아몬드가
번쩍번쩍 빛나고 있었다. 카드루스는 넋을 잃고
다이아몬드를 바라보다가 입을 열었다.

"굉장한 보석이군요. 그런데 당테스가 말한
세 친구란 누구누구입니까?"

"한 사람은 카드루스 씨 당신입니다. 그리고 나머지 두 사람은
당그라르와 페르낭이라는 사람입니다. 그리고 약혼한 여자는
메르세데스란 아가씨입니다. 맨 먼저 그의 아버지를 찾았는데
그분은 이미 돌아가셨더군요. 그러니 이 다이아몬드는 결국
네 사람에게 돌아가게 되었습니다."

카드루스는 갑자기 눈빛이 달라지며 중얼거렸다.

"엉뚱한 누명을 씌워 자기를 함정에 빠뜨린 자들에게까지
그런 선물을 하다니, 그건 하느님도 용서하지 않으실 겁니다."

신부는 놀라는 척하며 카드루스에게 바짝 다가섰다.

"그게 무슨 말씀이지요? 그게 사실이라면 이야기가
달라지지요. 그 일을 자세히 들려주신다면 이 다이아몬드의
임자를 결정하는 데 참고가 되겠습니다."

카드루스는 몹시 망설이는 모습이었다. 그의 이마에서
땀이 흘러내리고 있었다.

카드루스는 마침내 결심한 듯 입을 열었다.

"좋습니다, 말씀드리지요. 그 대신 내가 말했다는 걸 절대로
비밀로 해 주셔야 합니다. 왜냐하면 그들은 지금 모두
돈 많고 세력 있는 귀족입니다. 그러니 내가 비밀을 발설한
사실이 알려지면 나는 그 순간 죽은 목숨이지요."

"걱정 마십시오. 내 임무는 당테스의 유언을
그가 원하는 대로 실행하는 것뿐입니다."

"불쌍한 당테스가 감옥에 가게 된 것은 모두 당그라르와
페르낭 때문이지요. 당그라르가 밀고하려고 편지를 쓰고,
그 편지를 페르낭이 검찰에 갖다 바쳤으니까요."

"저런! 그럼 당신도 그 곳에 있었습니까?

어째서 말리지 않으셨지요?"

카드루스는 난처한 듯이 변명했다.

"그 자리에 있기는 했지요. 하지만 술에 잔뜩 취해

잘 알지 못했습니다."

"그랬군요. 그런데 당테스의 아버지는 어떻게 돌아가셨나요?"

"참으로 가여운 노인이었지요. 아들이 붙잡혀 간 지

1년도 채 못 되어 죽었습니다만, 좀더 정확히 말하면

굶어서 죽은 셈이지요."

신부는 얼굴이 새파래지며 의자에서 벌떡 일어났다.

"굶어 죽다니요? 집이 없는 떠돌이 개조차 사람들 곁에서

살아가는데, 하물며 사람이 굶어 죽다니!

세상에 어떻게 그런 일이 벌어질 수가……!"

"하지만 사실인걸요. 메르세데스와 모렐 씨가 늘 찾아가서

위로의 말을 했습니다만, 노인은 차차 말이 없어지고

근심에 잠기더니 나중에는 아무것도 먹지 않았습니다.

그러다가 아흐레째 되던 날 숨을 거두었습니다. 죽은 뒤에

가 보니, 난로 위에 모렐 씨가 선물로 두고 간 빨간 지갑 속의

돈이 손도 대지 않은 채 그대로 있더군요."

신부의 입에서 낮은 신음 소리가 새어 나왔다.

"그런데 돈이 든 빨간 지갑을 선물로 주었다는 그 모렐 씨라는 분은 누구지요?"

"당테스가 일한 파라옹 호의 선주입니다. 당테스를 구해 내려고 무척 애를 썼지만 모두 허사가 되었습니다. 아까 말했던 빨간 지갑 속의 돈으로 노인의 장례도 치를 수 있었습니다. 그 지갑은 내가 지금도 기념으로 가지고 있지요."

"고마운 분이군요. 그 사람은 지금 살아 있습니까?"

"네, 살아 있습니다. 하지만 운이 나쁜 사람이지요. 지난 2년 동안 배를 다섯 척이나 잃고, 돈을 맡겨 둔 은행이 파산해서 빚더미에 올라앉게 되었지요. 지금은 인도에서 파라옹 호가 돌아오기만을 기다리고 있답니다.

그런데 세상은 참으로 불공평하지요. 노인을 그렇게 만든 당그라르와 페르낭은 굉장한 위세를 떨치며 살고 있으니 말입니다. 당그라르는 모렐 상회를 그만두고 모렐 씨의 도움으로 은행에서 일했는데, 에스파냐와의 전쟁 때 프랑스군을 도와 많은 돈을 벌었습니다. 그리고 처음에는 에스파냐 은행가의 딸과 결혼했으나, 그녀가 죽자 국왕의 시종 딸과 결혼하여 지금은 남작이 되어 있답니다."

신부의 눈이 날카롭게 빛났다.

"흠, 사람의 운명이란 정말 알 수 없군요.

그럼 페르낭은 어떻게 됐습니까?"

"그는 더 크게 출세했지요. 군인으로 나가 계속

군대 생활을 하다가 에스파냐 전쟁을 겪게 되었습니다만,

프랑스 스파이로 에스파냐 군대에 들어가 큰 공을 세워

대령이 된 뒤 백작 칭호를 받게 되었답니다."

"운이 정말 좋았군요."

"그렇습니다. 페르낭은 에스파냐에서 돌아오자마자 바로

그리스의 태수 알 파샤의 고문으로 일하게 되었지요.

잘 아시겠지만 알 파샤는 터키군에 살해되었는데, 알 파샤가

죽자 페르낭은 그가 남긴 막대한 유산을 손에 넣고 프랑스로

돌아와 육군 중장 모르세르 백작이 되었으니까요."

신부는 어이없다는 듯 잠시 멍하니 서 있었다.

이윽고 신부는 몹시 망설이며 입을 열었다.

"그럼 당테스의 약혼녀인 메르세데스는 어떻게 되었나요?"

"그녀는 지금 아주 행복하답니다. 당테스가 잡혀간 뒤 얼마

동안은 울음으로 나날을 보내 옆에서 보기에도 가여웠지요.

그러다 당테스의 아버지가 세상을 떠나고 자기의 슬픔도

잊어버릴 때쯤 뜻밖에도 출세한 페르낭이 돌아온 겁니다.
페르낭이 전과 다름없이 줄곧 결혼하자고 조르자,
그녀는 마침내 페르낭과 결혼했습니다. 그래서 지금은
당당한 모르세르 백작 부인이 되어 알베르란 아들을 두고
행복하게 살고 있지요."
잠시 생각에 잠겨 있던 신부는 드디어 결심한 듯 말했다.
"말씀을 듣고 보니 이 다이아몬드를 받을 수 있는 사람은
당신밖에 없다고 생각됩니다. 모렐 씨가 걸리지만
당테스의 유언에 없었던 사람이니 말입니다."
신부는 카드루스에게 다이아몬드를 내밀었다.
"뭐라고요? 이걸 저에게……, 거짓말은 아니겠지요?"
"무엇 때문에 내가 거짓말을 하겠습니까? 그 대신 모렐 씨가
불쌍한 당테스의 아버지에게 주었다던 그 빨간 지갑을
내게 주셨으면 합니다."
카드루스는 어리둥절해하며 빛 바랜 빨간 지갑을
부소니 신부에게 건네주었다.
"그럼, 당테스의 유품인 그 다이아몬드가 당신에게
행복을 가져다 주기를 바랍니다."
신부는 말에 올라 여인숙을 떠났다.

은혜를 갚고

다음 날, 감옥 검사관이었던 보비르의 사무실로
영국 신사 한 사람이 찾아왔다. 보비르는 이프 성채를
순시할 때 당테스를 만났던 바로 그 검사관이었다.
"나는 로마의 톰슨 앤드 프렌치 상회에서 온 사람입니다.
선생님이 모렐 상회에 빌려 주신 20만 프랑의 돈을
우리 회사가 대신 갚기 위해 온 것입니다. 모렐 상회가
기한 안에 선생님의 돈을 갚을 수 없게 되어 우리 회사가
대신 갚고 기한을 연장하기로 했습니다."
"그게 정말입니까? 수수료는 얼마쯤 드리면 되겠습니까?"
보비르는 기뻐 어쩔 줄 모르는 표정으로 신사의 손을 잡으며

말했다. 혹시라도 돈을 떼일까 봐 걱정이 태산이었는데,
대신 갚아 주겠다니 그럴 수밖에 없었다.
"그런 것은 필요 없습니다."
손님은 대수롭지 않은 듯이 대답하고 20만 프랑을
지불한 다음 영수증을 받았다.
"선생님은 오랫동안 감옥 검사관을 지내셨다는 말을
어디선가 들었습니다. 수수료 대신 부탁드릴 말씀이
있습니다. 나는 파리아라는 신부님의 도움을 받으며
자라났는데, 뒤에 그분이 이프 성채에서 세상을 떠나셨음을
알게 되었습니다. 그분의 죽음에 관해 몇 가지 알고 싶은 게
있는데 그 기록을 보여 주실 수 있겠습니까?"
용무를 끝낸 영국 신사가 말했다. 20만 프랑이라는 큰돈을
수수료도 떼지 않고 대신 갚아 준 사람이므로 보비르는
흔쾌히 서류를 꺼내 보이며 여러 가지 이야기를 들려줬다.
파리아와 당테스에 관한 서류를 열심히 들여다보던 손님은
주인이 잠시 자리를 비운 사이, 서류 속에서 당그라르가 쓴
밀고 편지를 꺼내 재빨리 주머니에 집어넣었다.
다음 날, 그 영국 신사는 모렐 상회에 나타났다. 모렐 상회가
두 곳에 진 빚 30만 프랑을 대신 갚아 준 톰슨 앤드 프렌치의

직원을 모렐 씨는 공손한 태도로 맞이했다.

두 사람이 이야기를 나누고 있을 때 모렐 상회 아래층에서 여러 사람들이 바쁘게 왔다 갔다 하는 소리가 들려왔다.

조금 뒤, 층계에 몇 사람의 발소리가 들렸다.

문이 열리더니, 모렐 씨의 딸 쥘리가 새파랗게 질린 얼굴로 눈물을 글썽이며 방 안으로 뛰어들었다. 쥘리는 떨리는 목소리로 파라옹 호가 아프리카 서해안 카나리아 제도 부근에서 침몰했다는 소식을 전했다.

"승무원들은 모두 어떻게 되었다더냐?"

"모두 지나가는 배에 구조되었대요. 이제 어쩌지요, 아빠?"

모렐 씨는 '휴우' 한숨을 내쉬며 허공을 바라보았다.

"다행이로구나……. 배만 잃었을 뿐 사람은 잃지 않았으니까."

방에 같이 있던 손님이 천천히 옆으로 얼굴을 돌렸다. 그의 눈에 눈물이 맺혀 있었다.

"정말 불행한 일을 당하셨군요. 힘이 닿는 데까지 저도 돕겠습니다. 지불 날짜를 연기해 드리지요. 얼마나 미뤄 드리면 될까요?"

모렐 씨의 얼굴이 금방 밝아졌다.

"그렇게 해 주신다면 나는 명예와 희망을 되찾을 수

있겠습니다. 두 달만 기다려 주시겠습니까?”

“좋습니다. 석 달 미뤄 드리지요. 오늘이 6월 5일이니,
지불 날짜를 모두 9월 5일로 바꾸면 되겠군요.
그 날 오전 11시에 다시 찾아뵙겠습니다.”

“고맙습니다. 그 날 반드시 갚도록 하겠습니다.”

손님이 층계를 내려가려는데 모렐 씨의 딸 쥘리가 걱정스러운
얼굴로 그를 바라보고 있었다. 손님은 쥘리에게 말했다.

“아가씨, 부탁 하나 하겠습니다. 아가씨에게 ‘뱃사람
신드바드’ 라는 사람이 편지를 보낼 겁니다. 그 편지를
받자마자 곧 그 편지에 적힌 대로 해 주시면 고맙겠습니다.”

쥘리는 이상한 부탁이라는 생각이 들기는 했지만
순순히 고개를 끄덕였다.

모렐 씨는 돈을 마련하려고 갖은 애를 다 썼다. 그렇지만
한 척의 배도 남아 있지 않은 모렐 상회에 돈을 빌려 주려는
사람은 아무도 없었다. 생각다 못해 모렐 씨는 마지막 희망을
걸고 파리에 있는 당그라르의 저택을 찾아갔다. 백만장자
은행가가 된 당그라르가 지난날 모렐 씨로부터 받은 은혜를
생각한다면 그 정도 돈은 아무것도 아니었다.

그러나 9월 1일, 모렐은 완전히 풀이 죽은 채 마르세유로

돌아왔다. 그런 아버지를 보고 쥘리는 군대에 가 있는

오빠 막시밀리앙에게 급히 와 달라는 편지를 썼다.

아무래도 아버지의 일이 걱정되어서였다.

드디어 9월 5일이 되었다. 모렐 씨는 아무렇지도 않은

표정으로 아침 식사를 마치고 아내와 딸에게

다정한 키스를 하더니 2층 서재로 올라갔다.

아버지의 얼굴빛이 평소와 다른 것을 알아차린 쥘리는

가슴이 뛰었다. 쥘리는 견디다 못해 서재의 문을 두드렸으나,

모렐 씨는 쥘리가 들어오지 못하게 했다.

쥘리가 울먹이며 아래로 내려갔을 때, 현관문이 열리고

소위 계급장을 단 늠름한 젊은 장교가 나타났다.

"아, 막시밀리앙 오빠!"

쥘리는 소리치며 달려갔다. 모렐 부인도 달려와

아들을 껴안았다.

그 때 낯선 사나이 한 명이 현관에 들어섰다.

"이 댁에 쥘리라는 분이 계시지요? 이 편지를 받으십시오.

아버지와 관계가 있는 일이니 어서 읽어 보십시오."

낯선 사나이는 편지를 주고 곧 돌아가 버렸다.

쥘리는 봉투 속의 편지를 읽었다.

편지를 읽은 쥘리는 서둘러 마차를 잡아타고

편지 속의 주소로 달려갔다.

모렐 부인은 아들 막시밀리앙에게 모렐 상회가 파산 위기에

있다는 것을 알려 주었다. 막시밀리앙은 크게 놀라

잠시 동안 멍하니 서 있었다.

이윽고 그는 정신을 차려 2층 서재로 갔다.

"아니, 막시밀리앙이 웬일이냐?"

모렐 씨는 깜짝 놀라 아들을 맞았다. 모렐 씨는 겉옷 밑에

감추어 들고 있던 것을 왼손으로 가리려고 애를 썼다.

막시밀리앙은 그것을 보고 얼굴이 새파랗게 질렸다.

"아버지, 권총을 두 자루씩이나 무엇에다 쓰시려는 겁니까?"

모렐 씨는 할 수 없다는 듯이 권총을 책상 위에

내려놓고 말했다.

"막시밀리앙, 너도 남자니 부끄러움이라는 것을 알겠지?

아무튼 거기 앉거라. 내가 왜 이래야 하는지 네게 모두

이야기해 주겠다."

모렐 씨는 장부를 펼쳐 아들에게 숫자를 보여 가며 설명했다.

"이것 봐라. 지금 내가 가진 돈은 모두 1만 5천 프랑뿐인데 이제 30분 후면 30만 프랑을 갚아야 한단다. 그것도 톰슨 상회의 사원이 친절하게 미뤄 준 날짜란다. 나로서는 이제 도저히 살아서 그 사람의 얼굴을 볼 수가 없게 되었다."

막시밀리앙은 천천히 고개를 끄덕이며 책상 위에 놓인 권총으로 눈길을 주었다.

"그랬군요, 아버지. 아버지의 심정은 잘 알겠습니다. 마침 권총도 두 자루군요."

막시밀리앙이 말을 끝내면서 권총을 집어들려는 순간, 모렐 씨가 아들의 손을 붙잡았다.

"안 된다, 막시밀리앙! 네 어머니와 쥘리를 위해서도 너는 살아야 한다. 그게 네 의무다."

아버지에게 손목을 잡힌 채 막시밀리앙은 눈물을 흘리며 잠시 생각에 잠겼다.

"알겠습니다, 아버지. 뒷일은 조금도 걱정하지 마십시오."

아버지와 아들은 눈물로 얼룩진 얼굴을 서로 맞대며 꼭 끌어안았다.

바로 그 때, 찢어지는 듯한 고함 소리와 함께
쥘리가 방 안으로 뛰어들었다.

"아버지, 이제 우리는 살아났어요. 아, 살아났어요!"
쥘리는 너무나 기쁜 나머지 미친 듯이 외쳤다. 쥘리는 빨간
비단 지갑을 흔들며 모렐 씨의 품 속으로 몸을 내던졌다.

"그게 무슨 말이냐? 우리가 살아났다니, 대체 무슨 말이냐?"
지갑을 받아든 모렐 씨는 눈이 휘둥그레졌다.

그것은 옛날에 자기가 당테스의 아버지에게 얼마간의 돈을
넣어 선물했던 바로 그 지갑이었다.

지갑 속에는 톰슨 상회에 갚아야 할 어음의 지불이 모두
끝났다는 영수증이 들어 있었다. 그뿐만이 아니었다.

지갑에는 콩알 크기만한 다이아몬드에 '쥘리 양의 결혼
선물'이라고 씌어진 쪽지까지 들어 있었다.

쥘리의 자세한 이야기를 듣고도 모렐 씨는 도무지 믿어지지
않았다. 그 때 층계를 뛰어올라오는 발소리가 들렸다. 모렐
상회에서 일하고 있는 쥘리의 약혼자 에마뉘엘이었다.

에마뉘엘은 숨을 헐떡이며 소리쳤다.

"주인님, 파라옹 호가 돌아왔답니다. 파라옹 호가
지금 항구로 들어오고 있답니다."

모렐 씨는 넋 나간 듯 다시 의자에 주저앉았다.
"파라옹 호가 돌아온다고? 자네 제정신인가?"
모렐 씨는 직원들의 성화 속에 가족들과 함께
허둥지둥 부둣가로 달려나갔다.

PHARAON

항구 앞 바다에는 분명 파라옹 호가, 난파한
파라옹 호와 똑같은 모양의 새 배가 파도를 헤치며 천천히
들어오고 있었다. 뱃머리에는 글자도 선명하게 마르세유
모렐 상회 소속 '파라옹 호'라고 씌어 있었다.
갑판 위에는 병원에 입원해 있던 파라옹 호의 선장 고마르가
닻을 내릴 준비를 지휘하고 있었다. 선원 페늘롱이
모렐 씨를 발견하고 손을 흔들었다.
"한 달 전쯤에 뱃사람 신드바드라는 분이 저를 불러서 선원들
모두에게 줄 석 달치 월급보다도 훨씬 많은 여비를 주면서
선주님에게는 비밀로 하고 선원들을 모두 데리고 제노바로
오라고 하시더군요. 그러고는 새로 건조한 파라옹 호를
인계하셨습니다. 그분은 선주님에게 드리는 선물이니 열심히
일하라고만 하셨습니다."
선장의 말을 듣고도 모렐 씨는 믿을 수 없다는 표정으로
바다를 멍하니 바라보고 서 있었다.
'뱃사람 신드바드라? 내가 선물했던 빨간 지갑……, 혹시
당테스가?'
모렐 씨는 잠시 생각했지만, 그건 도무지 있을 수 없는 엄청난
일이어서 가만히 고개를 저었다.

몽테크리스토 백작의 등장

그로부터 10년이라는 세월이 흘렀다.

감옥을 탈출하고 엄청난 보물을 손에 넣은 에드몽 당테스가

그 10년 동안 어디서 무엇을 하고 지냈는지 아는 사람은

아무도 없다. 그렇지만 이를 갈며 맹세했던 복수를 위해

틀림없이 뭔가 일을 꾸미고 있었을 것이다.

1838년 5월 21일 오전이었다. 파리의 엘데 거리에 있는

모르세르 백작의 궁전 같은 저택 바깥채 응접실에서

세 젊은이가 즐겁게 이야기를 나누고 있었다.

한 사람은 집주인 모르세르 백작의 아들인 알베르 자작,

다른 두 사람은 그의 친구인 드브레와 보샹이었다.

드브레는 내무대신의 비서관이고, 보샹은 이름난
신문 기자였다. 이야기가 무르익고 있을 때, 하인이
와서 손님이 왔다고 알려 주었다.
"르노 남작님과 막시밀리앙 씨가 오셨습니다."
알베르는 고개를 갸우뚱했다.
"막시밀리앙이라니, 누구일까?"
그 때 친구 르노 남작이 대위 계급장을 단 늠름한
젊은이와 함께 들어왔다.
"알베르, 내 친구이자 생명의 은인인 막시밀리앙 대위를
소개하네. 아라비아에서 토인들에게 붙잡혀 죽을 뻔한
나를 구해 준 생명의 은인이라네."
젊은이들은 악수를 나누었다.
"친구를 위기에서 구해 주셨다니 정말 고맙습니다.
실은 나도 지금 생명의 은인이 오시기를 기다리고 있는
중입니다. 11시 30분에 오시기로 했는데, 그보다 조금
늦어질지도 모르겠습니다. 몽테크리스토 백작은
아주 먼 곳에서 오시니까요."
알베르는 모인 친구들에게 로마에서 산적에게 붙잡혀
목숨이 위태롭게 된 것을 몽테크리스토 백작이

살려 준 이야기를 들려주었다.

"친구와 로마에서 벌어지는 사육제 구경을 갔다가 한밤에
시내를 벗어난 것이 잘못이었지. 호텔 지배인으로부터
전설적인 산적 두목 루이지 밤에 대한 이야기를 들었으면서도
설마 했는데 그게 아니었어. 하마터면 돈을 몽땅 털리고
목숨을 잃을 뻔했는데, 같은 호텔에 묵고 있던 몽테크리스토
백작이 구해 주셨다네. 그분은 전설적인 산적 두목조차
하느님처럼 존경하는 분이었거든. 게다가 그분은 호텔 방을
잡지 못해 쩔쩔매고 있던 우리에게 방을 잡아 주고,
마차까지 빌려 주는 친절을 베푸셨다네."

알베르가 열을 내어 말했지만 친구들은 그 말을 믿을 수
없다는 표정이었다.

바로 그 때 하인이 들어와 말했다.

"몽테크리스토 백작님이 도착하셨습니다."

모두 놀라서 얼굴을 마주 보았다.

조금 뒤 몽테크리스토 백작이 조용히 문 앞에 나타났다.

차림은 검소했으나 누구도 흉내낼 수 없는 위엄이
넘쳐흐르는 모습의 신사였다.

알베르의 소개로 젊은 친구들과 인사를 나누던

몽테크리스토 백작은, 막시밀리앙 모렐 대위와는
유달리 반가운 표정으로 악수를 했다.
"그럼 이제 저의 부모님께 백작님을 소개해 드리고
싶습니다. 아버지와 어머니는 백작님이 오시는 오늘을
진작부터 손꼽아 기다리고 계셨거든요."
"영광이구려."
알베르는 긴 복도를 지나 작은 홀을 거쳐 본채로 들어갔다.
다시 큰 홀 하나를 지나니 화려한 응접실이 나타났다.
그러자 기다리고 있었다는 듯 모르세르 백작이 모습을
드러냈다. 40대 후반의 나이로, 장군답게 짧게 깎은
머리카락은 하얗게 세어 있었다.
"먼길을 와 주셔서 감사합니다. 로마에서 내 자식놈의
목숨을 구해 주셔서 아내와 나는 깊이 감사하고 있습니다."
"별말씀을, 나야말로 낯선 파리에서 이렇듯 이름 높은
백작님을 뵙게 되어 더없는 영광으로 여깁니다."
"어머니께서 나오셨습니다."
옆에 있던 알베르의 말에 몽테크리스토 백작이 돌아봤다.
어느 새 들어왔는지 아름다운 모르세르 백작 부인이
거기에 다소곳이 서 있었다.

몽테크리스토 백작과 시선이 마주치자 부인의 얼굴이 갑자기

하얗게 질리며 제대로 인사조차 하지 못한 채 비틀거렸다.

"여보, 갑자기 어쩐 일이오?"

모르세르 백작이 놀라서 부인을 부축했다.

"아들을 살려 주신 분을 뵙게 되니까 그만 현기증이 나서…….

백작님, 실례했습니다."

부인이 간신히 몸을 추스르며 인사를 했다.

그러자 몽테크리스토 백작이 서둘러 작별 인사를 했다.

"두 분을 뵙게 되어 참으로 반가웠습니다. 오늘은 이만

실례하겠습니다. 중요한 다른 약속이 또 잡혀 있으니까요.

부인, 부디 건강하십시오."

"이거 참, 이렇게 가시다니. 백작님, 파리에 머무시는

동안 제 마차를 사용하십시오."

모르세르 백작이 당황한 듯 따라나오며 말했다.

"뜻은 고맙지만 그럴 필요 없습니다. 제 집사가 대문 앞에

마차를 세워 놓고 있을 것입니다."

알베르는 대문까지 백작을 배웅했다. 대문 밖에 서 있는

마차를 보자 알베르는 두 눈이 휘둥그레졌다. 화려하게

장식한 마차도 그렇지만, 그 마차를 끄는 두 마리 말은 너무

비싸서 백만장자도 사기 어려워하는 르레크라는

명마였기 때문이었다.

"백작님은 저를 또 한 번 놀라게 하시는군요."

알베르는 벌린 입을 다물지 못한 채 감탄했다.

백작은 대답 대신 빙그레 웃었다. 백작이 오르자마자

마차는 쏜살같이 달려갔다.

그 때 모르세르 백작 부인은 놀랍고 불안한 표정으로

2층 방 커튼 사이로 사라져 가는 몽테크리스토 백작의

마차를 지켜보고 있었다.

몽테크리스토 백작은 곧장 자신의 저택으로 돌아왔다.

샹젤리제 30번지에 마련한 백작의 저택은 웅장하고 화려했다.

혀가 없는 흑인 노예 알리를 비롯해 여러 명의 하인들이

베르투치오 집사의 지시로 집을 관리하며 백작의

시중을 들고 있었다.

누구에게도 그 행적이 알려지지 않은 지난 10여 년 동안

백작은 복수를 위한 치밀한 계획을 세우고 자료를 수집해

왔음이 분명했다. 로마에서 알베르를 함정에 빠뜨렸다가

살려 주고는, 아들을 구해 준 은인의 모습으로 모르세르

백작과 마주한 것은 이제 본격적으로 복수가 시작될 것임을

보여 주는 신호라 할 수 있다.

몽테크리스토 백작은 모르세르 백작의 은인이라는 신분으로
파리 상류층 귀족이 된 당그라르 남작도, 검찰총장이 된
빌포르도 사교 모임을 통해 만날 수 있게 되었다.

모르세르를 만나기 전에 이미 그는 파리에 웅장한 저택을
마련하고, 복수에 필요한 두 인물과 함께 살고 있었다.

집사로 일하고 있는 베르투치오와 양녀 하이데가 그들이었다.

베르투치오는 검찰총장 빌포르를 파멸시키는 데 필요한
인물이었다. 하이데는 모르세르 백작으로 변신한 페르낭의
가면을 벗길 인물이었다.

코르시카 출신인 베르투치오는 억울하게 죽은 형의
원수를 갚기 위해, 여러 해 동안 끈질기게 빌포르 검사의 뒤를
밟았던 사내였다. 그러던 어느 날 밤, 그는 빌포르가 장인인
생메랑 후작의 별장에서 정원에 있는 어떤 나무 아래에다
보물 상자 같은 것을 묻고 있는 모습을 보았다.

그는 빌포르를 칼로 찌르고 상자를 파내 도망쳤다.

그런데 보물이 든 것으로 생각했던 상자에는 아직도
채 숨이 끊어지지 않은 갓난아기가 들어 있었다.

베르투치오는 자신이 칼로 찔렀으나 빌포르가 죽지 않았다는

것을 알게 되자, 아기를 미망인이 된 형수에게
맡기고 도망자의 신세가 되었다.
아기는 잘 자랐지만 못된 짓을 골라서 하는 지독한 문제아로
성장했다. 그러다 돈 때문에 양어머니를 무참하게 죽이고
줄행랑을 쳤다가 결국은 붙잡혀 감옥에 갇히고 말았다.
베르투치오와 함께, 감옥에 갇힌 그의 양아들이 빌포르
검찰총장의 무서운 비밀을 풀 열쇠를 쥐고 있는 사내였다.

파리의 상류층 사교계에 혜성처럼 등장한 몽테크리스토
백작은 얼마 지나지 않아 주목받는 인물이 되었다. 그는
누구보다도 세련되고 박식했다. 프랑스 어는 물론이고 영어,
독일어, 이탈리아 어, 에스파냐 어, 그리스 어 등 여러 나라
말을 자유자재로 구사하는 그의 어학 실력은 파리 귀족들을
기죽게 만들었다. 게다가 의학, 문학, 철학, 역사, 미술 등
예술과 학문에도 통달해 도대체 모르는 것이 무엇일까 싶을
정도였다. 따라서 귀족 부인들까지 그를 따랐다.
그와 자주 만나 각별하게 지내는 파리의 명사들 중에는
육군 중장인 모르세르 백작을 비롯하여 파리의 대은행가
당그라르 남작, 나는 새도 떨어뜨린다는 세력가인 검찰총장

빌포르도 당연히 끼어 있었다.

그러던 어느 날, 몽테크리스토 백작은 생메랑 후작이

내놓은 퐁텐가 28번지의 오퇴유 별장을 손에 넣었다.

생메랑 후작은 빌포르 검찰총장의 전 부인인

르네 생메랑의 아버지였고, 오퇴유 별장은 빌포르가

베르투치오의 칼에 찔려 죽을 뻔했던 바로 그 별장이었다.

별장 수리를 끝낸 어느 날, 몽테크리스토 백작은

오퇴유의 별장으로 파리의 명사 부부들을 초대해

성대한 파티를 열었다.

손님들 중에는 부소니 신부가 백작에게 소개한

바르토로 베오 카발캉디 후작과 그의 아들 안드레아

카발캉디 자작이 처음으로 얼굴을 내밀어 사람들의 주목을

끌었다. 헤어져 소식을 모르고 지냈던 아들 안드레아를

뱃사람 신드바드가 찾아 주었고, 이들 부자가 몽테크리스토

백작의 저택에서 상봉을 하게 된 것이었다.

몽테크리스토 백작은 카발캉디 부자는 오스트리아 황제의

후예로 대단한 귀족이며 엄청난 재산가로 알려진

인물이라고 소개해서 참석자들의 관심을 끌었다.

"흉가처럼 오래 버려져 있던 별장이 이렇게 변할 줄은 정말

몰랐습니다. 이건 정말 놀라운 변화입니다."
"그러게나 말입니다. 몽테크리스토 백작은
신의 손을 가진 분인가 봅니다."
파티에 초청된 명사들은 호화로운 별장을 둘러보고
나서 다투어 한 마디씩 칭찬했다.
"그토록 칭찬해 주시니 정말 고맙습니다. 신문 광고를 보고
이 별장을 샀는데 이 곳에 와 보고 깜짝 놀랐지요. 건물도
뜰도 낡을 대로 낡아서 마치 흉가 같았으니까요. 그런데
더욱 놀라운 것은 정원의 한 나무 밑에 숨어 있었지요.
거름을 주려고 나무 밑을 파던 정원사가 녹슨 보물 상자를
하나 발견했으니 말입니다."
"어머나, 보물 상자라니! 정말로 보물이 들어 있었나요?"
여자 손님들이 호기심이 가득한 얼굴로 물었다.
"그랬다면 크게 놀랄 일도 아니지요. 그 속에는 놀랍게도
강보로 싸였을 갓난아기의 백골이 들어 있었습니다.
그걸 보고 얼마나 놀랐던지!"
그 말에 여자 손님들은 "어머나!" 하고 비명을 질렀다. 그 중에
당그라르 부인이 정신을 잃고 쓰러져서 큰 소란이 벌어졌다.
빌포르 검사는 침울한 표정으로 소란을 외면하고 있었다.

그러나 빌포르 검사의 부인은 마치 그런 일을

예견이라도 했던 것처럼, 몸에 지니고 있던 신비한 약

한 방울을 당그라르 부인의 입 안에 떨어뜨려 정신을 차리게

했다. 파리아 신부에게 당테스가 먹였던 바로 그 약이었다.

또한 열병으로 갑자기 쓰러져 죽게 된 검사의 어린 아들

에두아르에게, 마침 그 자리에 있었던 몽테크리스토 백작이

먹여 살려 낸 약이기도 했다. 단 한 방울이면 정신을 잃고

죽어 가는 사람을 깨어나게 하지만, 두세 방울이면 목숨을

빼앗는 무서운 독이 되는 약, 그 약의 제조 방법을 검사

부인에게 가르쳐 준 사람은 몽테크리스토 백작이었다.

"그게 사실이라면 그것은 분명한 범죄로군요.

그렇지 않습니까, 검찰총장님?"

소란이 진정되자 사토 르노 남작이 검찰총장을

돌아보며 말했다.

"아, 그, 그게 확인을 해야만 할 일이지만, 섣불리

범죄라고 단정할 수는 없지요. 그 아기가 살해된 것인지

아닌지를 모르니 말입니다."

빌포르가 말을 더듬으며 대구했다.

"글쎄요, 빌포르 총장님 말씀대로 살해된 것이 아니라면

정원의 나무 밑에다 묻을 이유가 있었을까요?

그 곳은 별장의 정원이지 묘지가 아닌데 말입니다."

몽테크리스토 백작이 의외라는 듯 차가운 표정으로 말했다.

그리고는 바로 분위기를 바꾸기 위해 즐거운 이야기로

사람들을 한바탕 웃게 만들었다. 이윽고 사람들은 그 일을

잊고 술잔을 높이 들어 마시며 음악에 맞춰 춤을 추기

시작했다. 무도회가 시작된 것이다.

'절대로 그럴 리가 없어! 그 때 코르시카 놈이 휘두른 칼에

찔려 정신을 잃었다가 상처가 회복된 후 그걸 다른 곳으로

치우려고 파 보았어. 하지만 그 상자는 흔적도 없이

사라지고 없었어. 그 때 없어진 상자를 백작이 찾아 냈다는

것은 말도 안 돼.'

빌포르는 침착함을 잃지 않으려고 안간힘을 쓰며 술잔을

비웠다. 그런 후 당그라르 부인에게 같이 춤추기를 청했다.

"내일 정오에 검찰청 내 방에서 잠시 뵙고 싶습니다. 시간을

내어 나와 주십시오."

춤을 추던 빌포르가 당그라르 부인의 귓가에 대고

은밀하게 속삭이듯 말했다.

치밀한 복수 준비

자정이 넘어서야 파티가 끝났다.

안드레아 카발캉디 자작은 약간 비틀거리며 대문 밖에서

기다리고 있는 마차 쪽으로 걸어갔다.

마차 발판에 한 발을 올려놓으려는 순간이었다.

누군가가 안드레아의 어깨를 꽉 잡았다.

깜짝 놀라 돌아보니, 수염이 텁수룩한 사나이가 희고

날카로운 이를 드러내며 웃고 있었다. 안드레아의 얼굴이

금세 창백하게 일그러졌다. 그는 얼른 그 사나이를 끌고

구석진 곳으로 갔다.

"웬일이오, 카드루스. 여러 사람이 보는 이런 곳에

나타나면 어쩌자는 거요?”

사나이는 빙그레 웃었다.

“아무려면 어때? 감옥에서 함께 탈출해 놓고 나는
이런 꼴로 거지 노릇을 하고 있는데, 너는 귀족댁
아드님처럼 호강하고 있으니 이건 너무 불공평하잖아!”

“쉿! 그게 내 탓은 아니잖소? 그런 사실이 드러나면 우린
둘 다 끝장이오. 우리 집을 가르쳐 줄 테니 좀더 옷을
말끔하게 차려입고 찾아오구려. 자, 100프랑이오.”

“역시 자네는 좋은 감옥 동창생이야.
그럼 다시 또 만나세, 베네데토.”

사나이는 어두운 큰길 쪽으로 사라져 갔다. 안드레아는
녀석의 뒷모습을 바라보며 입술을 깨물었다.

다음 날 정오, 당그라르 부인은 검은 천으로 얼굴을 가리고
검찰청으로 찾아가 빌포르와 마주 앉았다.

“어젯밤 많이 놀라셨지요?”

“죽지 않은 것만도 다행일 정도예요. 대체 어떻게 된 거예요?”

당그라르 부인은 아직도 두려움을 떨치지 못하고
창백한 표정으로 말했다.

“백작이 나무 밑에서 상자를 파냈다는 것은 분명히

거짓말입니다. 칼에 찔린 상처가 나은 후, 코르시카

놈이 모든 것을 봤을 것 같아 상자를 다른 곳으로 옮기려고

그 곳을 파 보았지만 아무것도 없었습니다.”

빌포르는 목소리를 낮춰 속삭이듯 말했다.

“저런! 그런데 어째서…….”

“어젯밤 내내 그 생각 때문에 뜬눈으로 밤을 새웠고,

지금까지도 그 생각만 했습니다. 그래서 내린 결론은

코르시카 놈이 그 상자를 가지고 갔고, 상자 속의 아기가

죽지 않고 살아 있을 것이란 얘기입니다.”

“오오, 불쌍한 내 자식!”

부인은 흐느끼기 시작했다.

“진정하십시오, 부인. 몽테크리스토 백작이 느닷없이

그런 말을 꺼냈다는 것은, 그 일에 대해 뭔가 낌새를 알아채고

있는 게 아닐까 싶습니다. 그래서 오늘부터 백작의 정체를

알아 내려고 합니다. 그뿐 아니라 그 코르시카 놈의 행방을

다시 추적해서 반드시 체포하려고 합니다. 그러니 부인께서도

몽테크리스토 백작을 경계하셔야 합니다.”

잠시 후, 빌포르는 당그라르 부인을 바깥까지 배웅했다.

다음 날부터 빌포르는 수사관을 시켜 몽테크리스토 백작의

정체를 알아보기 시작했다. 백작과 친한 것으로 알려진
이탈리아 인 부소니 신부와 영국인인 월모어 경을 만나
백작에 대해 이것저것 물었다. 그러나 두 사람 모두
백작에 대해 한없는 존경심을 품고 있었으며, 대답하는 말이
똑같아서 아무것도 알아 낼 수가 없었다.
바로 그 무렵이었다.
당그라르가 몽테크리스토 백작의 저택을 찾아왔다.
"웬일이십니까? 얼굴빛이 좋지 않군요."
"요 며칠 동안 계속해서 재수 없는 일만 일어나는군요.
에스파냐 증권에 투자했다가 실패한데다, 이번에는
이탈리아의 자콥 상회가 무너져 170만 프랑이나
손해를 보았습니다."
당그라르는 울상이 되어 말했다.
"저런, 큰 손해를 보셨군요. 타격이 크시겠습니다. 그런 일이
또 일어나면 감당하시기 어려운 게 아닌지 걱정이군요."
"설마 또 그런 일이야 닥치겠습니까. 그건 그렇고,
얼마 전 파티에서 소개하신 카발캉디 후작의 아드님 말인데,
아주 훌륭한 젊은이 같더군요."
"그렇게 보셨습니까? 어딘지 좀 믿음직스럽지는 않지만,

그 사람을 내게 소개해 준 분들이 워낙 대단한 분들이어서
나도 믿고 있지요. 그분들 말에 따르면 카발캉디 후작은
아들을 프랑스 아가씨와 결혼시켜 2천 3백만 프랑이나 되는
막대한 재산을 넘겨줄 모양이더군요. 그런데 그런 말씀을
하시는 걸 보니 안드레아 군에게 마땅한 신붓감이라도 있나
보군요. 설마 댁의 따님 외제니 양은 아니겠지요?"
당그라르는 어깨를 으쓱했다.
"백작님도 아시는 것처럼 외제니는 알베르와 약혼하긴 했으나
두 사람은 영 사이가 좋지 않습니다. 알베르의 아버지
모르세르 백작이 서둘러서 그렇게 된 일이지, 제가 좋아서
한 일은 아닙니다. 모르세르 집안은 재산도 그리 많지 않고
문벌도 보잘것 없는 벼락 귀족에 지나지 않거든요. 그는 옛날
페르낭이라는 가난뱅이 어부였습니다. 많지 않은 재산도
그가 군사 고문으로 있었던 그리스의 성주 알리 파샤가
터키군의 침공으로 죽으면서 물려준 것이라고 합니다만,
그게 사실인지 어떤지 의심스럽단 말입니다."
몽테크리스토 백작은 지나가는 말처럼 슬쩍 말했다.
"그렇다면 그리스의 거래처나 은행에 편지를 보내
알아보시지 되지 않습니까?"

당그라르는 무릎을 탁 쳤다.

"참, 그렇군요. 좋은 생각입니다. 곧 알아보도록 해야겠어요.
진상이 밝혀지는 대로 백작님에게도 알려 드리겠습니다."

며칠 뒤, 몽테크리스토 백작을 찾아온 알베르는 아주
유쾌한 표정으로 말했다.

"백작님, 나는 백작님에게 감사드리러 왔습니다.
외제니 양과 파혼을 했거든요."

몽테크리스토 백작이 깜짝 놀라 이유를 물었다.
그러자 알베르가 대답했다.

"아버지 때문에 억지로 결혼을 약속했지만 외제니는
내 신붓감이 아니었습니다. 그런데 백작님께서 소개하신
안드레아 카발캉디 자작이 나타나자 당그라르 씨가
그를 사윗감으로 점찍은 모양입니다."

백작은 난처한 표정을 지었다.

"아, 그렇게 될 줄은 몰랐군요. 일이 그렇게 되었다면
정말 미안한 일이지요."

두 사람이 이야기를 나누고 있는데 안쪽 방에서
기타 비슷한 악기 소리가 흘러나왔다.

"저게 무슨 악기지요?"

"구즈라는 그리스의 악기입니다. 내가 돌보아

주고 있는 하이데라는 아가씨가 켜고 있지요."

알베르는 구즈라고 부르는 악기도 보고 싶고,

그 아가씨도 한 번 만나고 싶다고 졸랐다.

"결코 다른 사람에게 말하지 않겠다고 약속한다면

소개해 주지요. 저 하이데라는 아가씨는 죽은

그리스 성주 알리 파샤의 따님이랍니다."

알베르는 눈이 휘둥그레졌다.

"네? 그럼, 저 아가씨가 나의 아버지가 모시고 있던

바로 그 알리 파샤의 따님이란 말입니까?"

"그렇습니다. 저 아가씨는 알리 파샤가 세상을 떠난 뒤,

터키의 노예 시장에서 아르메니아 인 부호에게 팔려갔다가

다시 터키 왕에게 팔렸지요. 내가 에메랄드를 바치고

우리 집으로 데리고 온 것입니다."

"그렇다면 더욱 저 아가씨와 인사라도 나누고 싶습니다."

"좋습니다. 하지만 하이데를 만나기 전에 두 가지 약속을

해 주어야겠습니다. 하나는 하이데와 만났다는 것을

누구에게도 말하지 않겠다는 것과, 또 하나는 당신 아버님이

알리 파샤를 모신 적이 있다는 것을 절대로 저 하이데에게

말하지 않겠다는 것입니다."

알베르의 약속을 받아 내고 나서야 백작은 앞장서서

안쪽으로 들어갔다. 하이데의 방 앞에는 벙어리 하인

알리가 마치 파수병처럼 서 있었다. 두 사람이 들어가자,

하이데는 그 아름다운 눈을 놀란 듯 크게 떴다.

동양식 수가 놓인 옷을 입은 하이데의 모습은 눈부시도록

아름다웠다. 하이데는 딸이 아버지에게 보이는 듯한

다정한 웃음을 지으며 백작을 바라보았다.

"하이데, 내 친구 알베르 자작이시다. 그리스 말은

모르니 이탈리아 말로 인사하렴."

백작이 그리스 말로 알베르를 소개하자 하이데는

알베르에게 다소곳이 고개를 숙였다.

"하이데 양, 이렇듯 갑작스럽게 찾아온 것을 용서해 주십시오.

괜찮으시다면 하이데 양의 지난날 이야기를 좀 들려

주시겠습니까?"

백작은 하이데에게 눈짓해 보이며 그리스 말로 말했다.

"아버지의 이야기를 해 드리는 게 어떻겠니? 하지만

배반자의 이름만은 말하지 말거라."

하이데는 슬픈 추억을 떠올리자 다시 가슴이 아파 오는 듯

눈살을 찌푸리며 입을 열었다.

"내가 여섯 살 때 일이었어요. 어느 날 밤, 어머니가
잠든 나를 갑자기 흔들어 깨우셨어요.

'소리내면 안 돼!' 하시며 집을 나서는 어머니 뒤에 많은
여자 하인들이 보물 상자며 금화 자루를 들고 따라오고
있었어요. 그리고 그 뒤에 스무 명쯤 되는 병사들이
우리를 호위하며 뒤따라왔지요.

'빨리들 걸어라!' 하고 누군가가 큰 소리로 외쳤어요.
아버지였지요. 아버지는 이름난 용사로, 터키 사람들조차
아버지 이름을 들으면 무서워했어요."

하이데는 자랑스러운 아버지를 잊을 수 없다는 표정을
짓더니 말을 이었다.

"우리는 호숫가에서 배를 탔어요. 얼마 뒤 배가 호수 한가운데
있는 섬에 닿자 그 섬 별장으로 들어갔지요. 우리가 그렇듯
몸을 피해야 했던 까닭은 아버지가 다스리던 성의 병사들이
터키 군대와 손잡고 반란을 일으켰기 때문이었어요. 아버지는
가장 믿고 있던 한 프랑스 장교를 터키 황제에게 심부름 보내
놓고, 답장이 올 때까지 호수 가운데에 있는 그 별장에서
위험을 피하려 했던 거예요."

알베르가 물었다.

"그 장교 이름을 기억하고 있습니까?"

백작은 얼른 하이데에게 눈짓을 했다. 눈치를 챈

하이데는 고개를 가로저었다.

알베르도 백작과의 약속을 생각하고 입을 다물었다.

"별장에 닿자, 우리는 곧 지하실로 내려가게 되었어요.

거기에는 보물 상자와 금화 자루, 그리고 그보다 많은 화약

상자들이 쌓여 있었어요. 우리는 거기서 며칠 밤을 보냈어요.
어느 날 아침, 아버지께서 어머니와 나를 부르시더군요.
'오늘 하루만 참으면 되오. 오늘 터키 황제의 답장이 오기로
되어 있소. 좋은 답장이면 우리는 성으로 돌아가고, 나쁜
소식이면 놈들과 최후까지 싸우다 지하실을 폭파하여
이 섬을 날려 버릴 것이오.' 아버지는 망원경을 집어 들고
호수 쪽을 바라보았어요. '드디어 배가 오는군. 네 척이야.
황제의 답장임에 틀림없어.' 아버지는 내 이마에 입을 맞추고
우리를 지하실로 내려보내셨어요.
갑자기 층계를 내려오는 말소리가 들리며 사람 그림자가
나타났어요. '누구냐? 서라!' 하고 보초병이 외치자,
그는 큰 소리로 대답했어요.
'황제 폐하 만세! 황제 폐하께서 알리 파샤를
용서하셨습니다. 약속된 증표로 황제의 반지를 가지고
돌아왔소.' 그는 심부름 갔던 프랑스 장교였어요. .
보초가 반지를 확인하려는 순간이었어요. 프랑스 장교가
신호를 하자, 네 명의 터키 병정이 뛰어들어와 보초병을 찔러
죽이고 화약에 연결된 도화선을 잘라 버렸어요. 그걸 보고
어머니는 나를 껴안은 채, 비밀 통로를 지나 아버지 방

뒤쪽으로 달려 올라갔어요.

곧 무서운 싸움이 벌어졌지요. 방 안은 화약 연기로 가득 찼어요. 아버지는 총알이 떨어지자 초승달 같은 칼을 휘두르셨는데……. 아, 아버지의 그 늠름한 모습이란!

'세림, 화약에 불을 붙여라!' 아버지가 외치시자, 지하실에서 '세림은 죽었다.' 하는 소리가 들려왔어요. 그리고 바닥 밑에서 콩 볶는 듯한 총 소리가 들리더니 마룻바닥이 벌집처럼 구멍이 났어요.

그래도 아버지는 창문에 몸을 기대고 서서 칼을 휘두르셨지요. 그러나 바닥이 사방으로 부서지며 아버지는 아래로 굴러 떨어지셨어요. 그러자 어머니는 외마디 소리를 지르며 정신을 잃고 내게로 쓰러지셨어요."

하이데는 목이 메는지 더 이상 말을 잇지 못했다.

알베르는 하얗게 질린 하이데의 얼굴을 보고, 마치 자신이 죄를 지은 듯 파리한 얼굴이 되어 외쳤다.

"아, 백작님, 참으로 끔찍한 이야기입니다. 내가 쓸데없는 부탁을 드렸나 봅니다."

백작은 고개를 가로저었다.

"아니, 걱정하실 것 없습니다. 하이데는 보시는 것보다

꿋꿋한 아가씨입니다."

하이데는 마음이 좀 가라앉았는지 다시 말을 이었다.

"어머니가 정신을 차리자 우리는 터키군의 대장 앞으로
끌려나갔어요. '나를 죽여 주세요. 알리 파샤 아내의 명예를
지키게 해 주세요.' 하고 어머니가 말했지만, 대장은 아주
냉정했어요. '내게 그런 말을 해 봐야 소용 없다. 새로운
네 주인이 결정하실 일이니까.' 대장이 가리킨 사람은 프랑스
장교였어요. 아버지가 믿었던 사람에게 배신을 당한 거예요.
지하실에 있던 아버지의 재산을 몽땅 차지한 프랑스 장교는
그것으로도 모자라 어머니와 나를 터키의 노예 상인에게 팔아
넘겼어요. 노예 상인에게 끌려가던 어머니는 길거리에 내걸린
아버지의 잘린 머리를 보고는 쓰러져 그 자리에서 숨을
거두셨어요. 나는 노예 시장에서 어떤 부자에게 팔려갔어요.
그 부자는 내게 여러 가지 공부를 시켜 주었으나, 열세 살이
되자 다시 아버지의 원수인 터키 왕에게 팔아넘겼어요."

"내가 바로 그 왕에게 에메랄드를 주고 하이데와 맞바꿔
데려온 것이랍니다."

백작은 웃음지으며 알베르를 돌아보았다.

알베르는 넋이 나간 듯 멍하니 앉아 아무 말도 하지 못했다.

첫 번째 희생자

몽테크리스토 백작은 오퇴유 별장에서 지내고 있었다.

어느 날 하인이 편지 한 통을 은쟁반에 받쳐 들고 서재로

들어왔다. 백작은 발신인도 없는 편지를 읽어 내려갔다.

몽테크리스토 백작님에게 알립니다.

오늘 밤, 어떤 사람이 샹젤리제의 백작님 저택에 숨어 들어가

책상 서랍 속에서 뭔가 중요한 서류를 훔쳐내려 합니다. 이 일은

경찰에는 알리지 않는 게 좋을 듯합니다. 경찰에 알리면 내가

위험해지기 때문입니다.

편지를 읽은 백작은 저택의 하인들을 모두 별장으로 오게

했다. 그리고 자신은 충실한 종인 벙어리 알리와 함께 아무도

몰래 샹젤리제의 저택으로 돌아갔다.

밤이 되었지만 백작은 불을 켜지 않은 채 2층 침실로

올라가 권총 두 자루를 허리에 꽂고 기다렸다. 알리는

날카로운 도끼를 준비했다.

벽에는 비밀 장치가 되어 있어 벽 널빤지를 밀면 거실이

내려다보였다. 창문으로는 집 앞 큰길을 내다볼 수 있었다.

집 안과 바깥은 칠흑같이 캄캄했다. 큰 시계가 11시 45분을

치는 소리가 들려왔을 때였다.

그 시계 소리가 미처 끝나기도 전에 거실 창문에서

무슨 소리가 났다.

'거실 유리를 자르고 있는가 보군.'

백작은 발소리를 죽여 벽 틈으로 다가갔다.

거실 창문 너머로 사람 그림자가 하나 보였다. 잘린 창 유리의

구멍으로 장갑 낀 손이 들어와 창문 손잡이를 잡았다.

창문이 소리 없이 열리고 한 사나이가 문 안으로 들어섰다.

'혼자 왔나? 대담한 녀석인데?'

그 때 알리의 손이 가만히 백작의 어깨를 흔들었다. 알리와

함께 창문으로 가서 내려다보니, 또 한 녀석이 담 저 쪽에

몸을 숨기고 집 안을 살피고 있는 게 보였다.

‘음, 두 녀석이군. 한 녀석은 안으로 들어오고

한 녀석은 밖에서 망을 보는 셈인가?’

거실로 들어온 사나이는 주머니에서 열쇠 뭉치를

꺼내 책상 서랍을 열기 시작했다.

사나이는 잠시 동안 바스락거렸다. 어둠 속에서는 일하기가

어려웠는지 성냥불을 켜는 듯했다. 이윽고 조그만 성냥불이

사나이의 얼굴을 비췄다. 사나이의 얼굴을 본 백작은

뒷걸음질쳤다. 백작은 알리를 돌아보며 나직이 속삭였다.

“신부 옷을 가져와.”

알리는 발소리를 죽여 사라졌다가 신부가 입는 검은 옷을

가져왔다. 백작은 양복을 벗고는 칼로 찔러도 들어가지

않는 조끼를 받쳐 입더니 그 위에 알리가 가져온 검은

신부 옷을 입었다. 머리에는 가발을 썼다.

준비가 끝나자 백작은 창가로 가서 내다보았다.

큰길에 있는 사나이는 이상하게도 지나가는 사람을

살피는 게 아니라 이 쪽만 보고 있었다.

‘음, 알겠어. 저 사나이가 바로 편지를 보낸 그 사람이군.’

백작은 알리에게 기다리라는 눈짓을 하고는 촛불을 환히

켜 들고 거실로 통하는 문을 지나 소리 없이 사나이가

있는 방으로 들어갔다.

방 안이 갑자기 환해지자, 사내는 깜짝 놀라며 뒤돌아봤다.

"아, 아니 당신은 카드루스 씨가 아니십니까?

이런 시각에 이 곳엔 무슨 일로 오셨는지요?"

"아, 부소니 신부님!"

카드루스는 어쩔 줄 몰라 하며 백작을 바라보았다.

백작은 그가 달아나지 못하도록 창가를 막고 서서 대답했다.

"그렇습니다. 부소니입니다. 그런데 당신은 내 친구

몽테크리스토 백작 댁에 도둑질을 하러 들어오셨군요."

"오, 부소니 신부님, 정말 잘못했습니다."

"당신은 내가 드린 다이아몬드를 사러 온 보석상을

살해한 죄로 지금도 감옥 생활을 하고 있는 줄 알았는데요.

대체 어떻게 된 일입니까?"

"실은 월모어 경이라는 영국 사람의 도움을 받아

감옥에서 도망쳐 나왔습니다."

"월모어 경이라면 나도 잘 알고 있지요. 그런데 당신

혼자 도망쳐 나왔습니까?"

"아닙니다. 베네데토라는 젊은 코르시카 친구와

함께였습니다."

"그 사람은 어떻게 되었습니까?"

카드루스는 고개를 떨어뜨렸다.

"베네데토는 운수 대통해서 어떤 사람의 도움을 받아
지금은 안드레아 카발캉디 자작으로 행세하고 있습니다.
며칠 뒤면 당그라르 남작의 딸과 결혼한다고 합니다."

백작은 고개를 끄덕였다.

"당신은 그런 일들을 다 알고 있으면서 왜 당그라르 씨에게
알려 주지 않았습니까?"

"무슨 말씀입니까? 그랬다가는 우리 두 사람 모두
거미줄 쳐진 감방에서 지내야 합니다."

"그렇습니까? 그럼, 내가 당그라르 씨에게 그 사실을
알려 드리면 되겠군요."

카드루스가 갑자기 태도를 바꾸어 소리쳤다.

"뭐라고? 이 빌어먹을 신부놈아!"

그는 시퍼런 단도를 허리춤에서 빼들고
백작의 가슴을 겨누며 덤벼들었다.

그러나 외마디 소리를 지른 것은 신부가 아니라
카드루스였다. 카드루스의 단도가 백작의 가슴을 향하는
순간, 백작은 재빨리 카드루스의 왼쪽 팔목을 휘어잡고

무서운 힘으로 비틀었다.

팔이 비틀린 카드루스는 단도를 떨어뜨리며 비명을 질렀다.

팔뼈가 부러질 듯 아파 오자 카드루스는 털썩 무릎을 꿇고
얼굴을 바닥에 비벼 댔다.

"신부님, 제발 용서해 주십시오! 죽을 죄를 지었습니다."

"자, 일어나거라. 나는 너 같은 인간에게 벌을 내리라고
하느님으로부터 억센 힘을 받은 사람이다."

카드루스는 끙끙거리며 겨우 일어났다. 그러자 백작은 책상
위를 손가락으로 가리켰다.

"여기 준비해 둔 종이에 내가 말하는 대로 써라."

당그라르 남작님.

당신이 사위로 삼으려는 안드레아 카발캉티 자작은 실은 나와
함께 틀롱 감옥에서 도망쳐 나온 죄수입니다. 그자는 59호, 나는
58호였습니다. 그의 본래 이름은 베네데토, 아버지도 어머니도
모르는 버림받은 고아입니다.

"자, 그 아래에 네 이름을 써."

"나를 경찰에 넘기실 작정이십니까?"

"바보 같은 녀석, 그게 소원이라면 지금 당장 경찰에

넘겨주도록 하지."

카드루스가 서명을 하자, 백작이 말했다.

"자, 이제 들어온 곳으로 나가거라. 만일 무사히
나가게 되거든 곧 파리에서 사라져."

밖으로 나간 카드루스는 뜰을 가로질러 남쪽으로 가더니
담 꼭대기로 기어 올라갔다.

큰길에서 망을 보고 있던 사나이는 얼른 담 모퉁이로
몸을 숨겨 카드루스가 나오는 것을 엿보았다. 카드루스는
인기척이 없는지 주변을 살피고 나서 큰길 쪽으로
사다리를 걸쳐 놓고 아래로 내려갔다.

그 때였다. 기다리고 있던 사나이가 담 모퉁이에서
튀어나왔다. 카드루스의 발이 막 땅에 닿으려는 순간,
사나이의 손에서 단도가 번뜩이더니 카드루스의 등에
내리꽂혔다.

"윽! 사람 살려! 네 이놈 베네데토……."

카드루스가 비명을 지르며 쓰러졌다. 시퍼런 단도는
다시 옆구리를 찌르고, 마지막으로 가슴을 찔렀다.

카드루스가 틀림없이 죽었다고 생각했는지 그제야
사나이는 쏜살같이 자취를 감추고 말았다.

사나이가 사라진 것과 거의 동시에 대문이 열리고
신부 옷차림의 백작과 알리가 달려나왔다.
두 사람은 카드루스를 집 안으로 끌어들였다.
백작은 먼저 카드루스의 옷을 벗기고 상처를 살펴보았다.
세 군데 다 목숨이 위험한 깊은 상처였다.
백작은 알리에게 말했다.
"빌포르 검사와 의사를 불러오게."
그러자 죽어 가던 카드루스가 번쩍 눈을 떴다.
"으음, 나는 이제 살아날 수 없을 것 같습니다. 이왕 죽을
몸이니 할 말은 해야겠습니다. 나를 찌른 녀석은
베네데토입니다."
"좋다. 네가 말한 대로 증거 서류를 만들자, 너는
여기에 네 이름만 쓰면 된다."
백작은 종이에 이렇게 써내려 갔다.

나 카드루스는 툴롱 감옥에서 함께 탈출한 베네데토에게 찔려
죽어 갑니다.

카드루스는 덜덜 떨리는 손으로 간신히 그 아래에다 자기
이름을 써넣었다.

"베네데토도 머지않아 붙잡혀 벌을 받게 될 것이다.

자, 카드루스, 이제는 하느님 앞에 죄를 뉘우쳐라."

카드루스는 있는 힘을 다해 몸부림쳤다.

"싫습니다! 나는 회개 같은 건 하지 않습니다. 도대체 하느님이 어디 있단 말입니까?"

"그럼, 나를 똑똑히 봐라."

백작은 쓰고 있던 신부 가발을 벗었다.

"오, 머리만 검지 않다면 우리를 탈옥시켜 준 윌모어 경,

바로 그 사람이군요."

"나는 부소니 신부도 윌모어 경도 아니다.

좀더 옛날 일을 생각해 봐라."

"오, 그러고 보니 어디선가 본 얼굴인데…….

당신은 대체 누구시오?"

"잘 보아라. 나는 너희들이 합세해 감옥에 처넣었던

에드몽 당테스다."

"오, 하느님. 저를……, 저를 용서해 주옵소서."

카드루스는 푹 고꾸라지더니, 다시는 움직이지 않았다.

하얗게 핏기가 가신 카드루스의 얼굴을 내려다보며

몽테크리스토 백작은 입 속으로 중얼거렸다.

'범죄를 방조한 비겁한 놈이 먼저 사라졌구나.'

10분 정도 흐른 후, 검찰총장 빌포르와 의사가 문지기와

알리의 안내로 달려들어왔다. 시체 옆에서 기도를

드리고 있던 부소니 신부가 그들을 맞았다.

벗겨진 가면

세상이 온통 몽테크리스토 백작의 저택 앞에서 일어난
살인 사건 이야기로 들끓을 즈음이었다.

그리스의 한 통신이 '알리 파샤의 군사 고문으로 있던 프랑스
대령 페르낭이 성주를 배신하고 터키 황제에게 성을 팔아먹은
사실이 새롭게 밝혀졌다' 는 소식을 전해 와 이 사실이 신문에
보도되었다. 당시 살인 사건 때문에 그 기사에 주의를
기울이는 사람은 별로 없었지만, 배신자 페르낭 일가는 그게
아니었다. 모르세르 백작으로 행세하고 있지만 언제 페르낭
대령이었음이 온세상에 밝혀질지 모를 일이었다.

모르세르 백작은 말할 것도 없고, 아버지의 옛 이름이

페르낭임을 알고 있던 아들 알베르에게도
그 기사는 치명적인 것이었다.
알베르는 그 신문의 기자로 있는 친구 보샹을 만나
문제의 기사를 취소해 달라고 요구했다.
"자네가 왜 이 기사를 취소하라는 건가?"
알베르는 대답을 못 한 채 한참 동안 머뭇거리다가
결국 사실을 고백했다.
"페르낭이 바로 우리 아버지 모르세르 백작이라네!"
"자네 아버님이라고? 오, 이럴 수가! 그렇지만 알베르, 이건
그리스에서 보내 온 기사라네. 일단 사실 여부를 확인한
뒤에 결정을 내릴 수밖에 없어. 3주만 여유를 주게."
그렇게 말한 뒤 보샹은 친구를 위해 급히 그리스로 달려가
기사의 사실 여부를 철저하게 취재했다. 그러고는 비통한
표정으로 돌아와 알베르에게 말했다.
"방금 돌아왔다네. 나로서는 그 기사가 잘못된 것이기를
얼마나 바랐는지 모르네. 그러나 불행히도 모든 게
사실이었네. 그 증거는 이것일세."
알베르는 얼굴이 새파래진 채 보샹이 가져온 서류를 읽어
내려갔다. 그것은 현지의 지위 높은 네 사람의 관리가

서명을 한 증언이었다.

그들은 알리 파샤의 군사 고문이었던 페르낭 대령이
성주를 배반하고 성을 터키 황제에게 팔아넘겼다는
사실을 모두 인정하고 있었다.

알베르는 비틀거리며 의자에 주저앉았다. 그의 눈에서
뜨거운 눈물이 흘러내렸다.

보샹은 깊은 동정의 눈으로 그 모습을 바라보며 말했다.

"알베르, 파리에서는 아직 아무도 이런 사실을 알아차린
사람이 없다네. 그러니 이 증거 서류만 불살라 버리면
아무 일도 없을 걸세."

알베르는 보샹을 끌어안았다.

"아, 자네는 정말 고마운 친구일세."

알베르는 덜덜 떨리는 손으로 그 서류를 불 속에 집어던졌다.

"고맙네, 보샹. 그런데 말야, 그 기사는 대체 누구의 제보로
이제 와서 터져 나온 걸까? 누군가 우리 가문을
노리고 있는 게 틀림없어!"

보샹은 알베르의 손을 잡으며 위로의 말을 했다.

"자, 이제는 모든 것을 잊고 힘을 내게. 마차로 숲을 한 바퀴
돌고 나서 식사를 같이 하세. 그렇지, 그 길에 몽테크리스토

백작 댁에 들러 보면 어떻겠나?”

두 사람은 함께 백작을 찾아갔다.

백작은 유쾌한 얼굴로 두 사람을 맞이했다. 백작은 알베르가

무언가 근심스러운 얼굴을 하고 있는 것을 보고 말했다.

“알베르 군, 어쩐지 영 기분이 좋지 않은 것 같군요.

자, 어떻습니까, 1주일 정도 나와 함께 프랑스 북부에 있는

내 별장에 다녀오지 않겠습니까?”

“네, 좋습니다. 가지요.”

알베르는 우울한 기분을 돌리고 싶어서 선선히 승낙했다.

몽테크리스토 백작과 알베르는 그 날 저녁에 파리를 떠났다.

프랑스 북부 바닷가에 있는 백작의 별장은 이루 말로

다 할 수 없이 아름다웠다.

두 사람은 사냥과 낚시를 하며 아주 재미있게 지냈다.

사흘째 되던 날 저녁 무렵이었다. 알베르는 창가에서 졸고

있었다. 그 때 무서운 속력으로 달려오는 말발굽 소리가

들려왔다. 말에서 내린 사람은 그의 집 하인이었다.

“웬일인가? 어머니가 편찮으신가?”

하인은 고개를 저으며 편지와 신문을 내밀었다. 보상이 보낸

것이었다. 편지를 읽던 알베르의 표정이 일그러졌다. 백작은

그 모습을 몇 걸음 떨어진 곳에서 바라보고 있었다.

"내 신세가 정말로 가엾군. 아버지가 저지른 죄로

아들이 고통스러워해야 하다니."

알베르는 벌겋게 핏발 선 눈으로 비틀거리며

백작에게 다가왔다.

"백작님의 친절 고마웠습니다. 하지만 지금 바로

파리로 돌아가 봐야겠습니다. 아무것도 묻지 마시고

말 한 마리만 빌려 주십시오."

"무슨 일인지 모르지만, 그러시구려."

알베르는 알리가 끌고 온 말 등에 올라타며

보상에게서 온 신문을 백작에게 내밀었다.

"이걸 읽으면 모든 것을 아시게 될 겁니다."

그 말을 남기고 알베르는 말의 배를 걷어차고 쏜살같이

달려갔다. 백작은 신문을 펼쳐들었다. 거기에는

다음과 같은 기사가 실려 있었다.

"3주 전에 그리스의 한 통신이 보도한 바 있는 배반자인

프랑스 장교 페르낭 대령은 지금 육군 중장 겸 참의원인

모르세르 백작으로 밝혀졌다."

한편, 밤새도록 말을 달린 알베르는 이튿날 아침,

파리에 있는 보샹의 집에 닿았다.

"보샹, 도대체 어떻게 된 일인가? 자세히 이야기해 주게."

"그러지, 알베르. 자네에게 보낸 신문 기사가 들어온 것은 그저께 아침이었네. 나는 곧바로 자네에게 사람을 보냈는데, 그 사이에 무서운 사건이 벌어졌어. 신문마다 그 기사가 실려서 참의원에서 큰 소동이 일어났던 걸세. 정말로 모르세르 백작이 이런 수치스러운 짓을 저질렀는지 알아보려는 청문회까지 열렸어. 모르세르 백작은 청문회에 나가 해명 연설을 시작하셨다네.

'나는 누군가 내게 터무니없는 죄를 뒤집어씌운 일에 대해 더 이상 참을 수가 없습니다. 나는 내 결백함을 밝히기 위해 오늘 당장이라도 그 증거를 여러분 앞에 보여 드리겠습니다.' 하고 말이네."

보샹은 말을 이었다.

"모르세르 백작의 해명 연설이 계속되고 있을 때 수위가 의장에게로 편지 한 통을 전했다네. 의장은 그 겉봉을 뜯으며 모르세르 백작의 해명 연설을 들었지. 백작의 연설은 훌륭했다네. 황제에게 심부름을 갔다가 돌아왔을 때는 이미 알리 파샤가 죽은 뒤였고, 황제는 자기 아내와 딸을 모르세르

백작에게 맡기겠다고 유언했다는 걸세.

그만큼 알리 파샤는 자네 아버지를 믿었던 거지.”

순간 알베르는 등골이 오싹해졌다. 몽테크리스토

백작 댁에서 하이데에게 들은 이야기가 떠올랐기 때문이었다.

보샹은 이야기를 계속 이어갔다.

“사람들은 연설을 듣고 크게 감동했지. 그런데 아까 받아든

편지를 흥미 없다는 듯 읽고 있던 의장이 갑자기 긴장한

표정을 지으며 말했어. ‘모르세르 백작, 그 사건을

누구보다도 잘 알고 있는 사람이 증언을 위해 지금

현관 앞에 와 있다는 쪽지가 내게 전해졌습니다. 진실을

확실히 밝히기 위해 증인을 출석시켜야 한다고 생각하는데,

백작은 이에 대해 어떻게 생각하십니까?’

모르세르 백작보다 먼저 의원들이 ‘찬성이오!’ 하고 소리쳤어.

백작은 몹시 당황하는 모습이었지. 이윽고 수위의 안내를

받으며 한 여자가 들어왔네. 그리스 풍의 옷을 입은 참으로

아름다운 아가씨였어.”

“오, 그녀로군. 하이데임에 틀림없어.”

“그 여자를 알고 있었나?”

“그보다도 이야기를 계속하게.”

"모르세르 백작은 무서움과 놀라움으로 그 아가씨를 뚫어지게 바라보고 있었네. 의장이 아가씨에게 물었지. '당신은 알리 파샤가 최후를 맞는 자리에 함께 있었다고 하는데 그 때라면 아직 나이가 어렸을 텐데요?' 아가씨는 슬픔에 찬 목소리로 대답했어. '네 살이었어요. 하지만 내 머릿속에는 그 때의 일들이 똑똑히 새겨져 있어요. 내 이름은 하이데, 알리 파샤의 딸이에요.' 아가씨의 뺨이 곧 붉어지며 눈이 불처럼 타오르더군. 모르세르 백작은 그 소리를 듣자 날벼락이라도 맞은 듯 몹시 놀라셨다네.

하이데는 주머니 속에서 자기의 본적과 신분을 증명하는 서류를 꺼냈어. '이것이 바로 그 증거예요. 페르낭이 어머니와 나를 노예 시장에 10만 프랑쯤의 돈을 받고 팔아넘겼을 때의 증서지요.' 그리스 어로 된 신분 증명서와 아라비아 어로 된 노예 매매 계약서는 그녀가 틀림없이 알리 파샤의 딸이고, 노예로 팔렸음을 증명했어.

회의장에는 무시무시한 침묵이 흘렀네. 증언해도 좋다는 허락이 떨어지자 아가씨가 입을 열었어.

'나는 아버지의 원수가 파리에 있음을 알고, 파리로 왔을 때부터 원수를 갚을 기회만을 기다려 왔습니다. 그런데

그 일로 청문회가 열린다는 신문 기사가 났기에
달려와 이 자리에 서게 되었습니다.'
모르세르 백작은 쇠몽둥이에 얻어맞은 듯 털썩 주저앉으며
소리를 질렀다네. 얼굴빛이 백지장 같았지.
'이, 이건 누군가가 꾸민 흉계임에 틀림없습니다!
저 여자는 생판 모르는 사람입니다!'
그러자 하이데는 모르세르 백작을 노려보며 말했어.
'나를 모른다고? 하지만 나는 당신을 잘 알고 있어. 당신이
나의 아버지 알리 파샤를 배반하고 죽인 페르낭 대령이
틀림없어. 어머니와 나를 노예 상인에게 팔아넘기고, 그 크고
지저분한 손으로 금화를 받았지. 이 더러운 짐승 같으니!'
하이데는 백작에게 손가락질하며 소리를 질렀어. 하이데의
입에서 나오는 한 마디 한 마디가 칼끝처럼 백작의 가슴을
찌르는 듯했어. 백작은 마치 알리 파샤의 피가 묻은 곳을
감추기라도 하듯이 가슴과 이마에 손을 번갈아 갖다 댔지.
회의장은 걷잡을 수 없는 소용돌이에 빠졌네. 그러자 의장은
목소리를 높여 외치지 않을 수 없었어.
'모르세르 백작, 이 위원회의 재판은 누구에게나 공정한
것입니다. 당신은 이 이상 더 철저한 조사를 받는 청문회를

계속하고 싶습니까?'

모르세르 백작은 유령처럼 비슬비슬 일어서더군.

그리고 가느다란 목소리로 대답했네.

'더 이상 말씀드릴 게 없습니다.'

백작은 자기 양복 단추를 쥐어뜯으며 비틀비틀 회의장에서

빠져 나갔네. 하이데는 모르세르 백작에게 죄의 심판이

내려진 것을 똑똑히 보고 나서야 비로소 의사당 밖으로

걸어 나갔어. 끝까지 지켜보기 민망한 모습이었다네."

보샹의 긴 이야기는 여기서 끝났다.

알베르는 부끄러움과 슬픔으로 두 손으로 머리를 감싸고

울다가 눈물로 얼룩진 얼굴을 들고 말했다.

"여보게, 보샹. 내 인생은 이것으로 끝장일세. 다른 사람들은

아버지가 저지른 과거의 죄악이 세상에 드러난 것을 두고

하느님의 심판쯤으로 생각하겠지. 하지만 나는 이런 일을

꾸민 원수를 찾아 내지 않고는 견딜 수 없네. 그 녀석을 찾아

내서 반드시 죽여 버릴 테야."

보샹은 고개를 끄덕이며 한 걸음 앞으로 나섰다.

"알겠네. 자네의 원수를 찾아 내는 것을 나도 돕겠네. 그런데

내가 그 곳에 갔을 때 페르낭 대령의 일을 그 곳 은행가에게

물어 본 사람이 있었다는 걸세. 그 사람은 바로

당그라르 남작이라고 하더군."

알베르는 펄쩍 뛰었다.

"그러고 보니 모든 것이 확실해졌어. 아무런 까닭 없이

외제니와의 혼사를 깨뜨린 것도 알고 보니 그 때문이었군.

그래, 당그라르 그 사람이야!"

알베르는 보샹과 함께 당그라르의 저택으로 달려갔다.

"당그라르 씨, 이제 당신과 나 가운데 살아남을

사람은 하나뿐입니다."

알베르가 격앙된 목소리로 선언하듯 말했다.

당그라르 남작의 얼굴이 금방 새파래졌다.

"자네 몹시 흥분했군. 그게 무슨 말버릇이란 말인가?"

"거래 은행에 편지를 내어 알리 파샤의 죽음에 대해 알아보고,

신문에 제보하여 아버지를 파멸시킨 사람이

그래도 할 말이 있단 말입니까?"

당그라르는 뒷걸음질치며 변명했다.

"그것은 나 스스로 한 일이 아닐세. 몽테크리스토 백작이

시켜서 한 일이야."

"뭐라고요? 몽테크리스토 백작이?"

알베르는 얼굴이 더욱 시뻘개졌다. 이제 생각해 보니 여러 가지로 의심스럽던 일들이 모두 하나로 모아지며 뚜렷해지는 것만 같았다.

'그렇다, 몽테크리스토 백작이다. 그는 모든 것을 알고 있었어. 복수할 상대는 몽테크리스토 백작이다.'

알베르는 보샹과 함께 다시 몽테크리스토 백작 저택으로 서둘러 달려갔다. 백작은 오페라를 보러 가고 집에 없었다. 극장으로 향하는 마차 안에서 보샹이 말했다.

"알베르, 잘 생각해서 결정해야 하네. 당그라르는 돈이면 아무렇게나 움직이므로 무서운 상대는 아니야. 그러나 몽테크리스토 백작은 달라. 아무도 못 당할 만큼 칼과 권총 솜씨가 뛰어나다는 소문이거든."

"그것이야말로 내가 바라는 바일세. 나는 어차피 살아남을 수 없는 사람이니까. 가여운 건 어머니뿐이야. 아, 가여운 우리 어머니……. 내 결코 이런 수치를 참고 있을 수는 없네."

알베르는 숨을 몰아쉬며 몽테크리스토 백작이 오페라 구경을 하고 있는 극장으로 들어섰다.

"몽테크리스토 백작! 나는 당신의 흉악한 속임수를 알고 그 복수를 하러 왔습니다."

하지만 백작은 이미 그의 방문을 예상하고 있었던

것처럼 조용한 목소리로 말했다.

"무슨 말을 하는지 알겠소. 하지만 목소리가 높지 않습니까?"

알베르는 덜덜 떨며 손에 꽉 쥐고 있던 장갑을 백작의

얼굴에다 집어던지려 했다. 그 순간 백작과 함께 있던

막시밀리앙이 손을 뻗어 그것을 막았다. 보샹도 알베르를

붙들어 가로막았다. 백작은 태연히 자리에 앉은 채 알베르의

손에서 장갑을 빼앗아 들더니 냉정한 목소리로 말했다.

"이 장갑을 내 얼굴에 던진 것으로 알겠소. 다른 자리에서

총알로 돌려 드리지요. 자, 오늘은 이만 돌아가시오."

알베르는 핏발 선 눈으로 뒷걸음질쳐 나왔다. 막시밀리앙이

얼른 문을 닫았다. 백작은 아무 일도 없었다는 듯이 다시

무대 쪽을 향해 바로 앉았다.

불안한 표정의 막시밀리앙이 용기를 내어 백작에게 물었다.

"대체 알베르 씨가 무슨 일로 저럽니까?"

"모르세르 백작 사건으로 좀 흥분한 것 같군요."

그 때 다시 문이 열리고 보샹이 나타났다.

"백작님, 아까는 알베르 군이 큰 실례를 하여 죄송합니다.

그러나 이렇게 된 이상 결투 시간과 장소, 그리고 무기 등에

대해 결정지어야 할 것 같습니다.”

백작은 어깨를 가볍게 으쓱해 보였다.

“나로서는 어떤 조건이라도 상관 없습니다.

그쪽이 요구하는 조건을 따르지요.”

보샹은 그 자신만만함에 기가 질린 표정으로 말했다.

“그럼 무기는 권총, 시간은 내일 오전 8시, 장소는 뱅센

숲입니다. 틀림없이 나오시기를 부탁드립니다.”

보샹이 나가자 백작은 막시밀리앙을 돌아보았다.

“당신과 에마뉘엘에게 입회해 주십사고 부탁해도 될까요?”

막시밀리앙은 좀 망설이며 말했다.

“말씀하시지 않아도 맡겠습니다만, 그전에 어째서 이런 일이

일어났는지 진상을 알려 주실 수 없을까요?”

백작은 막시밀리앙의 얼굴을 물끄러미 바라보았다.

“그 진상은 알베르 씨도 모릅니다. 알고 있는 분은

하느님과 나뿐입니다. 그리고 하느님은 반드시

내 편이 되어 주시리라 믿습니다.”

“그 말씀만으로도 충분합니다.”

막시밀리앙은 밝은 얼굴로 고개를 끄덕였다.

두 번째 희생자

몽테크리스토 백작은 집으로 돌아와 벙어리 알리에게 말했다.

"상아 자루가 달린 권총을 꺼내 주게."

백작은 알리가 건네준 권총을 정성스레 살펴본 다음 벽에

걸린 과녁을 겨누었다. 그 때 문이 열리고 하인이 들어왔다.

베일로 얼굴을 감싼 부인이 그 뒤를 따라 들어왔다.

백작은 알리를 물러가게 하고 부인에게 물었다.

"누구시지요?"

부인은 두 손을 모으고는 조용히 입을 열었다.

"오, 당테스 님. 부디 내 아들을 죽이지 말아 주세요."

백작은 놀라 한 걸음 물러서다가 권총을 바닥에 떨어뜨렸다.

"부인, 지금 뭐라고 하셨지요?"

"당테스 님, 나는 언제나 당신 이름을 잊지 않고 있었어요.
여기에 와 있는 이 여자는 모르세르 부인이 아니라
바로 메르세데스입니다."

부인은 베일을 벗었다.

백작은 메르세데스와 마주친 눈길을 돌리며 엄숙하게 말했다.

"천만에요! 내가 사랑하는 메르세데스는 이미 죽어
이 세상에 없습니다."

"아닙니다. 이렇게 분명히 살아 있어요. 나는 당신이 처음
우리 집에 왔을 때 금방 알아보고 그 충격으로 쓰러질
뻔했습니다. 오, 당테스 님, 부디 내 아들을 살려 주세요.
모두가 이 메르세데스의 죄입니다."

백작은 차디찬 미소를 입가에 떠올렸다.

"아닙니다. 당신에게는 아무 죄도 없습니다. 당신은 내가
어째서 잡혀갔는지 그 까닭을 아십니까? 우리가 결혼식을
올리려던 이틀 전에, 마을 어귀의 술집에서 당그라르가
당치도 않는 밀고 편지를 쓰고, 페르낭이 그 편지를
검찰에 넘긴 데서부터 비극이 벌어진 것입니다."

백작은 책상 서랍에서 빛이 바랜 편지를 한 통 꺼냈다.

바로 그 밀고 편지였다. 감옥 검사관의 집에서 살짝
빼내 온 것이었다. 편지를 읽어 내려가던 메르세데스의
손이 부들부들 떨리고 있었다.

"나는 그 편지를 20만 프랑에 사들인 셈입니다. 그 편지
때문에 나는 14년 동안이나 지하 감옥에 갇혀 있었고,
그 동안 아버지는 굶어서 돌아가셨으며, 당신은 나를
모함한 페르낭과 결혼했던 것입니다."

메르세데스는 몽테크리스토 백작의 말을 더 이상
듣고 있을 수가 없다는 듯 비틀거리며 외쳤다.

"용서해 주세요, 당테스 님. 부디 나를 보아서라도
아들의 목숨만은 살려 주세요."

백작은 괴로움과 증오로 얼굴을 찌푸리며 소리쳤다.

"아니, 아닙니다. 나는 끝까지 페르낭을 파멸시킬 것입니다.
그것을 위해서 나는 무덤 속에서 되살아나온 것입니다."

메르세데스는 무릎을 꿇었다.

"그렇다면 복수하세요. 하지만 그 복수는 죄를 저지른
자에게만 하세요. 페르낭과 나는 마땅히 그 벌을 받아야
합니다. 하지만 내 아들에게만은……."

백작은 메르세데스에게 깊은 사랑을 바쳤던 지난날을

떠올렸다. 백작은 두 손으로 머리를 움켜쥐며 외쳤다.

"당신은 지하 감옥의 고통을 아십니까? 무고한 혐의로 감옥에 갇혀 아버지를 굶어 죽게 한 아들의 심정을 아십니까? 자기가 사랑하던 사람이 자기를 감옥에 처넣은 사나이와 결혼했음을 알았을 때의 그 비참한 심정을 헤아릴 수 있습니까?"

메르세데스는 백작을 똑바로 바라보며 깊은 슬픔에 잠긴 목소리로 대답했다.

"몰라요, 당테스! 하지만 자기가 사랑했던 사람에게 아들의 목숨을 빼앗기는 어미의 슬픔만은 알고 있어요."

그 소리를 듣자 백작은 가슴이 먹먹해졌다. 잠시 후 백작의 목구멍에서 흐느낌이 솟구쳐 나왔다. 백작은 어느 새 복수에 불타던 마음이 눈 녹듯 사라짐을 느꼈다.

"아들 알베르 군을 살려 달라는 그 말씀이지요? 좋습니다. 살려 드리지요."

백작의 눈에 눈물이 반짝였다. 메르세데스가 다가와 백작의 손을 잡으며 말했다.

"오, 당테스 님, 거룩하신 마음입니다. 지금도 당신을 사랑하고 있습니다. 언제까지나 사랑하겠어요."

백작이 쓸쓸히 웃었다.

"그러나 언제까지 사랑받을 수는 없습니다. 무덤에서 나온 자는 무덤 속으로 돌아갑니다. 이미 피할 수 없는 결투입니다. 입회인도 정해졌습니다. 다만 알베르 군이 죽는 대신 내가 죽을 뿐입니다."

그녀는 몸을 떨었다. 잠시 아무 말 않고 서 있던 그녀가 마침내 무엇인가를 결심한 듯 손을 내밀었다.

"당테스 님, 당신의 훌륭하신 행동에 대해 깊은 감사를 드립니다."

말을 마치자마자 메르세데스는 문 저 쪽으로 사라져 갔다. 백작은 고개를 푹 숙이더니 입술을 깨물었다.

'내가 바보였어. 복수를 맹세했을 때 이미 가슴 속에서 인정이니 뭐니 하는 약한 마음을 뿌리째 뽑아 버렸어야 했어. 하지만 이것도 하느님의 뜻인지 모르지.'

시간은 이미 자정이 지나 있었다. 백작은 책상에 앉아 유언장을 쓰기 시작했다.

"나는 모렐 씨의 자녀인 막시밀리앙과 쥘리에게 2천만 프랑의 재산을 남긴다. 이 재산은 몽테크리스토 섬의 내 동굴 별장에 감춰져 있다. 나머지 재산 6천만 프랑은 내가 양딸로 키워 온 하이데에게 준다. 그리고 만일 막시밀리앙이 하이데와 결혼해

준다면, 그것은 나로서는 더 말할 나위가 없는

기쁨이 될 것이다⋯⋯."

여기까지 써내려 갔을 때, 백작의 등 뒤에서 나직한

비명이 들렸다. 백작이 펜을 떨어뜨리고 돌아보니,

하이데가 하얗게 질린 얼굴로 서 있었다.

"오, 아버지, 왜 그런 것을 쓰고 계시지요?

나를 버리고 가시려는 건가요?"

백작은 슬픈 듯 웃음을 지었다.

"아니, 잠시 여행을 다녀오려고. 사고라도 일어날까 봐

미리 써 둔 것뿐이란다."

"아니에요. 아버지는 지금 세상을 버릴 준비를 하고 계신

거예요. 그러지 마세요. 아버지에게 무슨 일이라도

일어나면 나도 그것으로 마지막이에요."

하이데는 유언장을 집어 찢어 버리더니 바닥에 픽 쓰러졌다.

백작은 쓰러진 하이데를 안아 그녀의 방에 눕히고는 다시

자기 방으로 돌아와 찢어진 유언장을 고쳐 썼다.

어느 새 아침이 밝았다.

몽테크리스토 백작이 유언장을 마무리할 무렵, 문 밖에서

마차 바퀴 소리가 나더니 막시밀리앙과 에마뉘엘이

방으로 들어섰다.

"백작님, 오늘 일이 걱정스러워 어젯밤

한잠도 자지 못했습니다."

백작은 두 팔을 벌려 막시밀리앙을 껴안았다.

"당신들 같은 훌륭한 분들에게 이토록 사랑받을 수 있다니

참으로 행복합니다. 나는 마음놓고 죽을 수 있습니다."

막시밀리앙은 눈이 휘둥그레졌다.

"무슨 말씀이십니까? 그래서 나는 무기를 권총으로 하지 말고

칼로 하자고 했습니다. 권총은 잘못 맞는 수가 있으니까요.

하지만 내 주장은 받아들여지지 않았습니다. 백작님의 검술

솜씨를 상대방이 알고 있었던 모양입니다."

"당신은 아직 내 권총 솜씨를 보지 못하셨나 보군요."

백작은 옆에 놓인 권총을 집어들더니, 벽에 붙은 트럼프

카드를 겨누어 네 발을 쏘았다. 클로버 1의 잎과

잎꼭지에 구멍이 뚫렸다.

막시밀리앙이 깜짝 놀란 듯했다.

"참으로 놀라운 솜씨이십니다. 하지만 백작님,

부디 알베르 군을 죽이지 말아 주십시오. 그에게는

인자하기 그지없는 어머니가 계십니다."

백작은 쓸쓸히 웃었다.

"막시밀리앙, 걱정하실 것 없습니다. 알베르 군은
틀림없이 살아서 돌아갈 겁니다."

하이데의 방 앞을 지날 때, 백작은 문득 걸음을 멈추었다.
방 안에서 흐느껴 우는 소리가 들렸기 때문이었다.

마차는 약속한 8시 정각에 뱅센 숲에 닿았다. 알베르의
입회인인 보샹과 르노 남작은 이미 와 있었다. 백작은
막시밀리앙을 그늘진 곳으로 불렀다.

"실례지만 당신에게 좋아하는 아가씨가 있습니까? 자세한
말씀은 안 하셔도 좋으니 그저 있는지 없는지만……."

막시밀리앙은 무슨 까닭인지 몰라 어리둥절해했다.

"왜 이런 데서 그런 것을 물으십니까? 실은 어떤 아가씨를
목숨보다도 더 사랑하고 있습니다만……."

"오, 가여운 하이데! 아니, 알겠습니다. 그러면
저 쪽으로 가 주실까요?"

막시밀리앙은 알베르의 입회인인 보샹과
르노 남작이 있는 곳으로 걸어갔다.

"알베르 씨는 어떻게 되었습니까?"

보샹은 회중시계를 꺼내 보더니 고개를 갸웃거렸다.

"글쎄요, 8시에 이리로 온다고 했는데요.

벌써 약속 시간이 지났군요."

그 때 무서운 속도로 말을 타고 달려오는 알베르가 보였다.

가까이 다가온 알베르는 말에서 재빨리 뛰어내렸다.

얼굴이 핼쑥했다. 눈에는 깊은 슬픔의 빛이 어려 있었다.

"여러분, 고맙습니다. 나는 여러분이 증인으로

지켜보는 앞에서 몽테크리스토 백작님에게 진심으로

드리고 싶은 말씀이 있습니다."

일행은 놀란 얼굴로 알베르를 바라보았다.

알베르는 몽테크리스토 백작 앞으로 걸어갔다.

"백작님, 내가 백작님에게 결투를 신청한 데는 충분한 까닭이

있었습니다. 나의 아버지가 용서받지 못할 죄를 지었다고

해도 그것과 아무런 상관이 없는 백작님께서 그 죄를 따질

권리는 없다고 생각한 때문입니다. 그러나 어부 페르낭이

한 짓을 어머님을 통해 자세히 듣고, 나는 비로소 백작님이

나의 아버지에게 하신 복수가 정당한 것이었음을 알았습니다.

결투를 신청했던 일을 사과드립니다."

모여 있던 사람들은 그저 어안이벙벙해서 아무도 입을

열지 않았다. 그러나 백작은 끝없는 기쁨에 넘쳐

하늘을 우러러보았다.

백작은 사람들이 있다는 것도 잊은 듯 중얼거렸다.

"아, 이것도 하느님의 거룩하신 뜻이다. 나는 오늘에야 비로소
하느님이 이 세상에 나를 보내신 뜻을 알 것만 같다."

친구들과 헤어져 집으로 돌아온 알베르는 온갖 사치품이
장식된 자기 방으로 들어가 꼭 필요한 물건만 골라 짐을
꾸리기 시작했다. 그 때 하인이 들어왔다.

"결투 결과가 어떻게 되었는지 알아보라는
백작 부인의 분부이십니다."

"몽테크리스토 백작에게 내가 사과 말씀을

드렸다고 여쭈어라."

알베르는 짐을 다 꾸린 뒤, 어머니 방으로 갔다.

문을 열자마자 그는 우뚝 멈춰 섰다.

메르세데스도 방 안을 말끔히 치우고 짐을 꾸리고 있었다.

알베르는 깜짝 놀라 어머니에게로 달려갔다.

"어머니, 지금 뭘 하시는 겁니까? 고생은

나 하나만으로도 충분합니다."

메르세데스는 조용히 웃음을 지었다.

"나는 이미 무덤으로 간 몸이다. 너 하나만이라도 올바른

마음으로 살아 주는 것이 오직 하나뿐인 내 희망이야.

너와 함께라면 어떤 고통도 두렵지 않다."

알베르는 어머니의 손을 꼭 잡았다. 알베르는 큰길로 나가

지나가는 마차를 잡았다. 마차를 불러 놓고 막 돌아서려는데

누군가가 급히 달려왔다. 몽테크리스토 백작의 집사인

베르투치오였다.

"백작님께서 보내신 편지입니다."

알베르는 편지를 받아들고 겉봉을 뜯었다. 편지를 읽어

내려가는 동안 그의 눈에 눈물이 흘러내렸다. 알베르는

방으로 돌아와서 어머니에게 그 편지를 보였다.

알베르 씨, 당신과 당신 어머니께서 지금 무슨 생각으로 어떤 일을
하시려고 하는지 나는 짐작할 수 있습니다. 그래서 한 가지
부탁드릴 것이 있습니다. 지금부터 24년 전, 내게는 한 아름다운
약혼녀가 있었습니다. 나는 그녀를 위해 내가 번 돈 3천 프랑을
마르세유의 메랑 거리에 있는 내 고향집 작은 뜰에 묻어
두었습니다. 그 돈은 지금도 그대로 있습니다. 부디 당신 어머니를
위해 그 돈을 받아 주시기 바랍니다. 지금 나는 두 분에게 무슨
일이라도 해 드릴 수 있지만, 젊은 날 내 행복한 꿈이 서린 그 선물
이외는 받으시지 않을 것 같아서……

메르세데스는 눈물이 글썽한 눈으로 하늘을 우러러보았다.
한편, 몽테크리스토 백작이 베르투치오 편에 편지를 보내고
얼마 되지 않아서였다. 모르세르 백작이 씨근거리며
몽테크리스토 백작의 저택으로 들이닥쳤다.
"당신은 오늘 아침 내 아들과 결투를 벌이기로 하셨다지요?
그런데 내 아들은 비겁하게도 결투를 피하고 도리어
당신에게 사과를 했다지요?"
몽테크리스토 백작은 차갑게 웃었다.
"알베르 군은 결코 비겁하지 않았습니다. 그가 내게 사과한

데는 충분한 까닭이 있었습니다. 그는 벌을

받아야 할 사람이 따로 있다는 것을 알게 된 것 뿐이지요.”

모르세르 백작은 이를 악물었다.

“좋도록 생각하시오. 그러나 아들은 겁쟁이였는지 몰라도

그 아버지는 다릅니다. 어느 쪽이든 죽을 때까지 겨뤄 봅시다.

입회인은 필요 없습니다. 어차피 서로 잘 아는
사이도 아니니까.”
몽테크리스토 백작은 어깨를 으쓱했다.
“무슨 말씀입니까? 우리는 옛날부터 친구가 아닙니까?
당신은 옛날 카탈로니아의 어부 페르낭 씨잖습니까?”
모르세르 백작은 발작을 일으킬 듯 부르짖었다.
“오, 새삼스레 내 수치를 들춰 내려는 수작인가? 어디서
굴러먹던 녀석인지 네놈의 정체를 밝혀라! 그리고 내가
왜 네 친구가 되는지 그 이유를 밝혀라.”
순간 몽테크리스토 백작의 얼굴이 싸늘해졌다. 갈색 눈이
거센 불길처럼 타올랐다.
“내 정체를 밝히라고 했습니까? 원하신다면 좋습니다.
여기서 잠시만 기다려 주시지요.”
말을 끝낸 백작은 옆방으로 사라졌다. 얼마 있지 않아
몽테크리스토 백작은 선원의 차림으로 응접실에 나타났다.
어리둥절해서 기다리고 있던 모르세르 백작은, 그러한
몽테크리스토 백작의 모습을 보고는 눈을 번뜩거리며
뒷걸음질쳤다. 이빨이 딱딱 맞부딪치고 다리가 부들부들 떨려
제대로 서 있기조차 힘들어 보였다.

“어떤가, 페르낭! 내가 누구인지 알겠나?

복수의 기쁨으로 젊어진 이 얼굴을 똑똑히 보게나!

자, 이래도 내가 누구인지 모르겠나?”

모르세르 백작은 얼굴을 번쩍 쳐들고 손을 앞으로 내뻗은 채

유령이라도 본 듯 멍하니 몽테크리스토 백작의 얼굴을

바라보았다. 이윽고 모르세르 백작은

비틀비틀 뒷걸음질치며 울부짖었다.

“오, 너는, 너는, 에드몽 당테스!”

비틀거리며 마차 앞까지 뛰어간 모르세르 백작은 숨이

턱에 닿아 간신히 외마디 소리를 질렀다.

“집으로, 어서 집으로 몰아!”

모르세르가 가까스로 집에 닿아 층계를 올라가려 할 때였다.

메르세데스와 알베르가 짐을 꾸려 들고 내려오는

모습이 보였다.

한순간에 모든 것을 잃고 추악한 몰골이 된 모르세르

백작은 벽을 의지한 채 간신히 집 안으로 들어갔다.

얼마 뒤, 방 안에서 총 소리가 울렸다. 몽테크리스토 백작의

두 번째 복수가 끝났음을 알리는 소리였다.

거듭되는 사건들

그로부터 며칠 뒤였다.

안드레아와 당그라르의 외동딸인 외제니의 결혼식이 열리는

날이었다. 밤 9시도 채 못 되어 당그라르의 저택 넓은 홀과

거실에는 이미 화려하게 차려입은 파리의 명사들로

발 디딜 틈이 없을 지경이었다.

그러나 신부 외제니는 그런 것과는 아무 상관도 없다는 듯

새침한 표정으로 방 안에 틀어박혀 있었다. 신랑 안드레아는

백만장자 당그라르 남작의 외동딸을 아내로 맞는 날이라

기쁨을 감추지 못하는 모습이었다.

당그라르도 기분이 흡족한 것 같았다. 그는 사위 안드레아의

아버지인 카발캉디 후작에게서 한재산 톡톡히

우려 내어 파산 직전의 은행을 다시 일으켜 세울 속셈이었다.

결혼 축하 분위기가 한창 무르익어 갈 무렵이었다.

축하객들을 헤집고 경위가 몇 명의 무장 경관을

인솔하여 홀 안으로 들이닥쳤다. 경위는 곧장 축하객들에

둘러싸여 있는 안드레아 앞으로 갔다.

"당신이 신랑 안드레아임이 분명하군. 이봐, 이자를 체포해!"

경위의 명령에 경찰관이 재빨리 안드레아의 손목에 철컥

수갑을 채웠다. 놀란 당그라르가 경위 앞으로 다가섰다.

"이게 무슨 무례인가?"

경위는 조소하듯 웃고는 큰 소리로 대답했다.

"이자는 틀롱 감옥에서 탈옥한 흉악범 베네데토입니다.

게다가 이번에는 함께 탈옥한 카드루스라는 죄수를

살해했지요. 자신의 비밀을 알고 있기 때문이지요."

삽시간에 홀 안은 놀란 축하객들의 술렁거림으로 가득 찼다.

당그라르는 넋 나간 사람처럼 의자에 털썩 주저앉았다.

축하객들은 그런 당그라르에게 인사도 없이, 마치 전염병을

피하려는 사람들처럼 서둘러 뿔뿔이 흩어져 갔다.

집안이 온통 초상집으로 변한 그 날 밤이었다. 신부 외제니는

미리 준비하고 있었던 듯 남자로 변장하여 음악을
가르쳤던 가정 교사 다르미와 함께 집을 탈출하여
파리를 향해 가고 있었다. 이탈리아로 가서 음악가가
되겠다는 그의 오랜 꿈을 이루기 위해서였다.

"불쌍한 아버지, 아버지는 이제 파산했어. 돈 때문에 나를
안드레아에게 시집 보내려고 했다가 남작의 명예마저
시궁창에 쑤셔 박았어. 지긋지긋한 파리여, 안녕!"
마차 속에서 외제니는 다르미에게 쓴웃음을 지으며 말했다.

그 무렵 빌포르 검찰총장의 딸 발랑틴이 방에서 갑자기
현기증을 일으키며 쓰러졌다. 막시밀리앙과 할아버지가 함께
있는 자리에서였다. 그러고는 얼마 지나지 않아 숨이
끊어지고 말았다. 요 몇 달 사이에 검찰총장의 집에서
일어난 네 번째 죽음이었다.

가장 먼저 죽은 사람은 빌포르 검찰총장의 첫 번째 부인의
아버지 마르키즈 드 생메랑 후작이었다. 생메랑 후작은
외손녀 발랑틴을 만나러 파리로 오던 도중에 마차 속에서
급성 뇌일혈을 일으켜 병원으로 실려 갔지만 바로
숨이 끊어졌다.

후작 부인은 그 충격으로 빌포르 저택에 도착하자마자

몸져누웠다가 외손녀 발랑틴의 헌신적인 간호에도
불구하고 며칠 후에 남편의 뒤를 따랐다.

이어서 중풍으로 쓰러져 말을 못 하는 빌포르 검찰총장의
아버지인 누아르티에 노인을 돌보던 하녀가 죽고,
이번에는 딸이 죽은 것이다.

생메랑 후작과 마찬가지로 누아르티에 노인도 손녀인
발랑틴을 끔찍히 사랑했다. 그래서 유산을 모두 발랑틴에게
남긴다는 유서에 공증을 받아 놓은 터였다.

"할아버지는 이 집을 나가서 나와 따로 살자고 하셨어요.
할아버지께서 나와 결혼할 상대인 당신을 보고 싶어하셔서
이렇게 초청한 거예요. 그렇지요, 할아버지?"

발랑틴의 말에 노인은 웃음 띤 얼굴을 끄덕였다. 발랑틴은
그리고 나서 부엌으로 가 할아버지의 약을 들고 오다가
쓰러져 숨을 거둔 것이다.

노인을 보살피던 의사가 달려오고, 빌포르 검사가 헐레벌떡
달려왔지만, 그 때는 이미 발랑틴이 숨을 거둔 후였다.

"이건, 분명히 말씀드리지만, 독살입니다. 지난번 생메랑 후작
부인과 하녀의 주검에서처럼 이번 시체에서도 이런 반점이
보입니다. 범인을 찾아 내셔야 합니다. 범인은 틀림없이

가까운 곳에 있을 것입니다."

딸의 죽음에 충격을 받은 빌포르 검찰총장에게 의사

다브리니가 목소리를 낮추어 말했다.

"저도 그렇게 생각합니다. 발랑틴은 희망에 차 있었습니다.

그런데 할아버지의 약을 가지러 갔다가 방으로 들어오면서

쓰러졌습니다. 죽기 전에 부엌에서 음료수를 마셨다고 내게

간신히 말했습니다. 범인은 분명히 이 집 안에
있습니다. 오! 발랑틴……."
막시밀리앙이 비참한 표정으로 울먹이며 말했다.
"그래요, 반드시 범인을 찾아 내어 발랑틴의 억울함을 달래 줄
겁니다. 아버지 앞에서 맹세합니다. 그렇지만 우리 집안의
명예를 생각해서 당분간 이 범죄를 비밀로 해 주실 것을
부탁드립니다. 아마 아버지도 같은 생각이실 겁니다.
그렇지요, 아버지?"
빌포르의 말에 누아르티에 노인이 흐르는 눈물을
닦아 내며 고개를 끄덕였다.
막시밀리앙은 발랑틴의 차가운 입술에 자기 입술을
갖다 대고는 절망에 찬 신음 소리를 내며 도망치듯
밖으로 뛰쳐나갔다.
죽은 발랑틴을 위한 기도는 얼마 전부터 옆집으로 이사 와서
살고 있는 부소니 신부가 맡게 되었다. 신부는 열성적인
기도에 방해가 된다면서 누아르티에 노인 이외의 모든 사람을
밖으로 내보냈다. 신부는 방문을 걸어잠그고 기도를
시작했다. 누구도 그 방 근처에 갈 수 없었다.
발랑틴의 장례식장에서 몽테크리스토 백작은 막시밀리앙을

만났다. 막시밀리앙은 살아가려는 의욕을 완전히
잃어버린 사람처럼 깊은 비탄에 잠겨 있었다.
'큰일을 저지를 것 같군! 저래서는 안 되지.'
장례식이 끝난 후 발랑틴의 묘지에 얼마 동안 혼자 머물렀던
몽테크리스토 백작은 막시밀리앙의 집으로 향했다.
막시밀리앙은 에마뉘엘과 행복한 가정을 이룬 누이
쥘리의 집 3층에 살고 있었다.
"어머나, 백작님께서 웬일이세요?"
"막시밀리앙 씨가 돌아왔지요? 급히 할 말이 있어서……."
쥘리의 인사를 받는 둥 마는 둥 하고 백작은 바로 3층으로
올라갔다. 문이 닫혀 있고 안에서는 아무 기척도 없었다.
마음이 급해진 백작은 실수로 미끄러진 척하며 유리문을
깨뜨리고는 방 안으로 쓰러지듯 들어갔다.
책상 위에 권총을 올려놓고 뭔가 쓰고 있던 막시밀리앙이
놀란 얼굴로 백작을 바라봤다.
"막시밀리앙 씨, 당신도 10년 전 당신 아버지 모렐 씨와 같은
끔찍한 일을 저지르려고 하는군요. 절대로 안 됩니다."
"백작님이 상관하실 일이 아닙니다."
몽테크리스토 백작은 사랑하는 청년의 핼쑥한 얼굴을

가여운 듯이 바라보았다.

"절대로 그렇지 않아요. 진실을 알지 못한 채

지레짐작으로 일을 그르치면 안 됩니다."

"내게는 이제 아무 희망도 없습니다. 그래서 발랑틴을

따라 죽으려 하는데 왜 막으십니까? 백작님이 누구시기에

이런 일까지 간섭하십니까?"

몽테크리스토 백작은 갑자기 엄숙한 표정을 지으며

천천히 막시밀리앙에게로 다가갔다.

"내가 누구냐고요? 좋습니다. 끝까지 밝히고 싶지 않았지만

말하지 않을 수 없게 됐군요. 당신이 어릴 때 나는 당신을

내 무릎에 앉히고 울음을 달래 주었소. 그리고 10년 전, 당신

아버님이 지금의 당신처럼 권총으로 생을 끝내려고 하셨을 때

영수증과 보석이 든 지갑과 새로운 파라옹 호를 보내 드렸던

뱃사람 신드바드, 아니 에드몽 당테스, 바로 그요."

막시밀리앙은 몹시 놀란 듯 눈이 휘둥그레졌다가

다음 순간 무너지듯 백작 앞에 무릎을 꿇었다.

"오, 백작님! 쥘리! 에마뉘엘!"

막시밀리앙이 부르는 소리에 두 사람이 뛰어올라왔다.

"이분이, 이분이 아버지의 목숨을 구해 주신 분이다.

바로 이분이 뱃사람 신드바드, 아니 에드몽 당테스……."
쥘리는 비명을 지르며 백작의 팔에 매달리고, 에마뉘엘은
하느님을 우러르듯 백작을 우러러보며 바닥에 꿇어앉았다.
한참 뒤, 백작은 얼굴을 들었다.
"막시밀리앙 씨, 나도 말할 수 없는 고통 속에서
몇 번이나 죽으려 한 적이 있지요. 그러나 끝내 그 죽음의
진구렁 속을 헤쳐 나왔소. 자, 힘을 내시오. 이제 1주일 뒤면
나와 여행을 떠나 모든 것을 잊을 수 있게 될 거요."
막시밀리앙은 고개를 저었다.
"백작님, 그것은 오히려 내 슬픔을 더할 뿐입니다.
무덤 속에서 발랑틴이 되살아오지 않는 한 내 슬픔은
영원히 사라지지 않을 겁니다."
백작은 자신만만하게 힘찬 목소리로 말했다.
"그건 모르는 일입니다. 만일 한 달 후 이 시간에도
당신이 삶을 포기하겠다면 그 때는 권총이든 독약이든 바라는
대로 주겠소. 그러나 그 때까지는 참고 견뎌야 하오."
그제야 막시밀리앙은 백작의 손을 힘차게 잡으며 말했다.
"그럼, 약속하겠습니다. 백작님이 약속을 지켜 주실
것으로 믿으니까요."

악의 심판

베네데토는 포르스 형무소에 갇혀 있었다.

그는 감옥에 갇혀서도 다른 죄수들 앞에서 거들먹거리고

있었다. 반드시 위대한 힘을 가진 분이 구원의 손길을

보내 줄 것이라 믿고 있었기 때문이다.

카드루스와 함께 감옥에서 탈출할 수 있게 해 준 사람,

어느 날 갑자기 안드레아 카발캉디 자작이란 칭호와 함께

백만장자로 변신시켜 파리의 사교계에 화려하게 등장시키고,

당그라르 남작의 딸과 결혼식을 올릴 수 있게 해 준 바로

그분의 손길이었다.

그런데 놀랍게도 한때 그의 양아버지였던 베르투치오가

면회를 왔다. 베르투치오는 형무소의 특별 면회실에서
두 번이나 꽤 오랜 시간 베네데토를 면회했다.

두 번째 면회가 있은 다음부터 그는 완전히 딴사람이 되어
있었다. 거들먹거리던 위세 대신 증오심으로 눈을
번득이며 재판날을 기다리게 되었다.

드디어 재판날이 다가왔다.

사건을 직접 맡은 빌포르 검사는 잇따른 슬픔에도
불구하고 열심히 사건을 조사하고 기소장을 꾸몄다.

며칠 동안 손질한 끝에 재판날 아침에 기소장을 매듭지었다.

재판은 오후부터 시작될 예정이었다. 그러나 빌포르는
11시쯤 모든 채비를 마치고 아내의 방으로 갔다. 웬일인지
빌포르의 얼굴은 더없이 핼쑥하고 엄숙했다. 부인은
아들 에두아르와 놀아 주고 있었다.

"얼굴이 왜 그리 핼쑥하지요? 또 밤을 새우셨군요."

빌포르는 아무 대답도 않고 아들 에두아르를 밖으로
내보내고는 문을 닫아 걸었다.

"당신이 늘 쓰는 그 약은 어디 두었소?"

부인은 얼굴이 납빛으로 바뀌며 옆에 있는 안락 의자에
쓰러지듯 주저앉았다.

“아, 당신, 무슨 말씀을 하세요?”

“당신이 장인 내외와 하녀, 딸 발랑틴을 죽인 독약이
어디 있느냔 말이오. 숨겨도 소용 없소. 나뿐만 아니라
아버지와 의사까지 당신이 저지른 죄를 다 알고 있소.”

부인은 두 손으로 얼굴을 가리고 신음 소리를 냈다.

“아, 당신, 부디 지레짐작은 하지 마세요. 결코 나는……”

빌포르는 냉담하게 말했다.

“나는 지금 당신의 남편이 아니라 검사로서 당신에게
묻는 거요. 그토록 끔찍한 죄를 저지른 만큼 당신 자신을
위해서도 물론 독약을 남겨 두었을 거요.”

부인은 눈을 감으며 두 손을 꽉 쥐었다.

“오, 가여운 에두아르를 위해 부디 나를 살려 주세요.
모두 그 애를 위해서 한…….”

“잘 들어 두시오. 내가 재판을 끝내고 돌아오기 전에 당신이
당신 자신을 심판하지 않으면, 나는 내 손으로 당신을
단두대로 보낼 수밖에 없소. 아무쪼록 우리 가문에 치욕을
남기는 수치스러운 모습을 보이지 않기 바라오.

그럼, 에로이즈. 잘 가시오.”

말을 마치자 빌포르는 뒤도 돌아보지 않고 집을 떠났다.

재판소는 안드레아 카발캉디 자작, 아니 베네데토의
재판을 구경하려는 사람들로 들끓고 있었다.
재판관들이 나란히 들어와 앉았다. 검사석에는 빌포르
검사가 엄숙하게 앉아 있었다.
이윽고 베네데토가 경관들에게 호위되어 들어섰다.
베네데토는 두려워하기는커녕 마치 즐거운 일이라도
기다리는 듯한 표정으로 빌포르 검사에게 눈길을 돌렸다.
재판이 시작되자 먼저 빌포르가 일어섰다. 그는 베네데토의
죄상을 적은 기소장을 읽기 시작했다. 그 목소리는 아주
또렷또렷하고 날카로웠다.
그러나 베네데토의 태도는 흡사 남의 이야기를 듣는 듯
무관심해 보였다. 검사의 기소장 낭독이 끝나자,
재판장이 베네데토 쪽으로 얼굴을 돌렸다.
"이름이 무엇인가?"
베네데토는 재판을 빈정거리는 듯한 목소리로 대답했다.
"내 이름요? 양아버지가 지어 준 이름이 있지만,
나는 그걸 내 이름이라 생각지 않습니다. 그렇지만 말입니다,
재판장님. 갓 태어난 나를 상자에 넣어 땅에 묻은 아버지의
이름이라면 말씀드릴 수 있습니다."

그 순간 빌포르 검사의 표정이 비참할 정도로 일그러졌다.

방청석의 사람들도 충격을 받은 듯 술렁이기 시작했다.

"조용히! 피고는 법정을 우롱할 셈인가?"

재판장이 방청석에 주의를 주고는 큰 소리로

피고를 꾸짖었다.

"존경하는 재판장님, 나는 결코 그럴 마음이 없습니다.

제라드 드 빌포르라는 아버지 이름을 걸고 말씀드립니다."

빌포르는 마치 유령이라도 본 듯 눈을 크게 떴다. 법정 안의

소란은 얼른 가라앉지 않았다. 재판장은 가까스로 소란을

가라앉히고 나서 다시 엄숙한 목소리로 말했다.

"피고는 계속 법정을 모독할 생각인가? 지금까지 피고는

자신의 이름을 베네데토라고 하지 않았는가?"

"네, 그랬습니다. 예심 재판 때 바른대로 말씀드릴까

생각했습니다만, 그러면 이렇게 여러 사람 앞에 나와서

사실을 말할 수 없을 것 같아 그만두었습니다. 나의 아버지

빌포르 검사께서는 젊어서 아내 아닌 다른 여자와의 사이에서

아이를 낳게 되자, 자신의 명예에 금이 갈까 두려워 갓 태어난

아기를 상자에 넣어 산 채로 땅에 묻었습니다. 그 갓난아기가

바로 나입니다."

베네데토의 말이 끝나자 법정은 다시 소란스러워졌다.

재판장이 주의를 주고는 심문을 계속했다.

"피고는 그것을 어떻게 아는가?"

"아버지가 나를 땅에 파묻고 있을 때 아버지를 원수로 여기던
코르시카 청년이 뛰어들었습니다. 아버지는 그 청년의 칼에
찔려 쓰러졌습니다. 그 청년은 보물이 든 상자인 줄 알고
상자를 파내어 도망쳤습니다. 상자를 열어 본 그 청년은 숨을
할딱이는 아기가 들어 있는 것을 보고 깜짝 놀랐습니다.
그리고 아직 숨이 붙어 있는 나를 데려다가 코르시카에서
키웠던 겁니다."

넓은 법정 안에는 사람들의 숨소리만 들려왔다.

"양어머니가 친자식처럼 잘 길러 주셨지만, 나쁜 피를 받고
태어난 나는 자라면서 나쁜 일만 골라 했습니다. 양부모의
은혜도 모르고 나쁜 짓만 골라 한 나는 분명 나쁜 놈입니다."

재판장이 자신도 모르게 큰 소리로 부르짖었다.

"증거, 증거! 이처럼 무서운 사실을 인정하려면 뚜렷한 증거가
필요하다. 그 증거는 있는가?"

베네데토의 얼굴에 비웃음이 가득했다.

"재판장님, 증거라고 했습니까? 그렇다면 저기 나와 닮은

빌포르 씨의 일그러진 얼굴을 보아 주십시오."

사람들의 시선이 일제히 빌포르에게 쏠렸다.

빌포르는 머리칼을 흩뜨리고 얼굴을 두 손으로 감싼 채

비틀비틀 일어섰다.

"아버지, 증거를 보이라고 하는데, 증거를 보여도 좋을까요?"

베네데토가 비웃는 얼굴로 물었다.

"닥쳐! 재판장님, 나는 복수의 귀신에 붙잡혔나 봅니다.

몸부림쳐 봐도 어쩔 도리가 없습니다.

이 젊은이의 이야기는 모두 사실입니다."

사람들은 크게 놀라 웅성거리기 시작했다.

"그게 무슨 말이오? 빌포르 검사, 당신은 지금

잠꼬대를 하고 있는 것 아닙니까?"

빌포르는 마치 심한 열에 들뜬 사람처럼

이를 딱딱 마주치며 머리를 저었다.

"나는 지금 지극히 뚜렷한 정신으로 말씀드리고 있습니다.

이 젊은이의 이야기는 모두 사실입니다. 나는 틀림없이 그런

죄를 저질렀습니다. 집으로 돌아가 심판을 기다리겠습니다."

빌포르는 비틀거리며 문 쪽으로 갔다. 법정을 가득 메웠던

사람들이 양쪽으로 쫙 늘어섰다. 마차 안에 몸을 던진

빌포르는 잠꼬대처럼 중얼거렸다.

"오, 하느님, 하느님……."

빌포르는 집을 나설 때 아내에게 가혹한 심판을

내렸던 일이 문득 떠올랐다.

'오, 죄인 주제에 아내를 심판했구나. 이제라도 늦지 않았다면

아내를 살려 줘야겠다. 아내는 에두아르 곁에 있어야 한다.

아, 아내는 아직 살아 있을까?'

빌포르는 미친 듯이 마차를 몰았다. 저택 앞에 이르자, 그는

곤두박질치듯 아내 방으로 뛰어들어갔다.

부인은 새파랗게 질린 얼굴을 일그러뜨리고 서 있었다.

부인은 빌포르를 보자 떨리는 손을 내밀었다.

"여보, 이제 끝났어요."

그 말을 남기고 아내는 방바닥에 픽 쓰러졌다.

그러고는 이내 숨이 끊어졌다.

"에두아르, 에두아르!"

미친 듯 소리치며 옆방으로 달려가 보니 아들 에두아르는

안락 의자에 잠들어 있었다. 빌포르가 달려가 흔들었지만

에두아르의 몸은 이미 얼음처럼 차갑게 굳어 있었다.

"오, 역시 귀신이다. 복수의 귀신에게 붙잡혔어."

빌포르는 넋 나간 듯 비틀비틀 밖으로 나왔다. 그는 오직 하나

살아남은 살붙이인 아버지 누아르티에 노인을 확인하러

그 방으로 달려갔다.

노인의 머리맡에는 뜻밖에 발랑틴을 위해 기도해 준

부소니 신부가 앉아 있었다. 노인은 더없이 행복한

표정으로 신부의 말을 듣고 있었다.

빌포르는 부소니 신부를 멀뚱하게 바라보며 자신도

모르게 중얼거리듯 말했다.

"당신은 발랑틴이 죽었을 때도 여기 오셨지요?

이번에도 오시고……, 마치 죽음의 귀신처럼……."

부소니는 벌떡 일어나 머리에 쓴 가발을 벗고

머리를 흔들었다. 그러자 밑에서 검은 머리칼의

씩씩한 얼굴이 나타났다.

"오, 당신은 몽테크리스토 백작……?"

백작은 태연하게 대답했다.

"그렇소. 하지만 당신은 내가 누군지 좀더 잘 살펴볼

필요가 있소, 빌포르 검사!"

"아, 그 목소리! 나는 그 목소리를 어디선가 들은 기억이

있는데……. 하지만 내가 당신에게 무슨 죄를 저질렀단

말이오? 자, 이제 말해 보시오."

"검사, 당신은 나를 산 채로 무덤 속에 집어넣었지. 그리고

내 아버지를 굶어 죽게 했으며, 내 약혼자를 빼앗아 갔소.

나는 복수를 위해 이프 성채의 지하 감옥에서 죽지 않고

살아 나온 유령이오."

"그, 그럼 당신은……."

"이제야 알겠소, 빌포르? 나는 에드몽 당테스요."

"당테스……, 당테스……. 하하, 그런가? 그렇다면 당테스,

이리 와 보게."

빌포르는 백작의 손목을 잡아끌며 옆방으로 갔다.

"자, 당테스, 봐라. 이만하면 이제 만족했나?"

백작은 빌포르 부인과 아들 에두아르의 시체를 보더니
금방 얼굴빛이 새하얗게 질렸다.

'이건 아냐, 아이까지 죽음으로 내몰다니!'

백작은 아이를 안아 일으키고 다시 살려 내려고 애를 썼지만
허사였다. 그 사이 웃음을 터뜨리며 집을 뛰쳐나간 빌포르는
하인들에게 둘러싸여 미친 듯 정원수 아래를 삽질했다.

그러면서 그는 큰 소리로 중얼거렸다.

"여기도 아니야! 여기도 아니야!"

'완전히 미쳐 버렸구나. 이제 복수는 이것으로 충분하다.'

백작은 재빨리 샹젤리제의 저택으로 돌아왔다. 백작은
그를 기다리고 있는 막시밀리앙에게 정답게 말했다.

"자, 막시밀리앙, 채비를 하시오. 내일 떠납시다."

"볼일은 이제 끝났습니까?"

"그렇소. 파리에서의 볼일은 이것으로 모두 끝내고 싶소."

막시밀리앙의 물음에 백작은 쓸쓸히 웃었다.

고통과 용서

로마를 향해 나 있는 길 위로 거칠게 달리는 마차가 있었다.
거기에 한 사나이가 타고 있었다. 벌써 여러 날 동안
마차를 몬 듯 사나이의 몰골은 말이 아니었다. 그 사나이가
바로 은행 잔고가 바닥나 파산하게 된 것을 숨기고
고아원에 지불해야 할 5백만 프랑을 하루 미뤄 놓고는
파리에서 도망쳐 나온 당그라르였다.
파산했지만 그에게는 로마의 톰슨 앤드 프렌치 상사로부터
받아 낼 수 있는 510만 프랑의 돈이 있었다. 바로 그 상사의
무제한 지급 보증으로 몽테크리스토 백작에게 빌려 준
돈이었다. 그 돈으로 고아원에 진 빚을 갚을 수도 있지만

그는 그럴 생각이 전혀 없었다.

'고아원에 돈을 갚고 나면 나는 그야말로 알거지가
되고 말지. 명예도 가정도 거덜나서 이제 파리에서는
낯을 들고 살 수 없게 되었어. 마지막 남은 그 돈이나마
챙겨서 외국으로 도망가 편안히 사는 거야.'
파리 사교계에 이름난 당그라르 부인이 있었지만,
그는 그 여자를 조금도 사랑하지 않았다. 처녀 때부터 남자
관계로 소문이 좋지 않은 그 여자와 결혼한 것은, 그녀가
부모로부터 물려받게 될 유산이 탐나서였을 뿐 결코
사랑해서가 아니었다. 그러니 막다른 골목으로 내몰린
그에게 아내는 안중에도 없었다.

로마로 도망치는 마차 안에서 당그라르는 파리를
호령하던 자신의 명예와 부가 너무도 어이없이 순식간에
몰락한 것에 대해 신을 원망하고 있었다. 신의 심술궂은
장난이 아니고는 그가 투자한 주식마다 휴지 조각이 될 수가
없고, 사기꾼이자 살인범인 베네데토에게 홀딱 마음을
빼앗길 리가 없다고 생각되었기 때문이다.

그러나 그런 당그라르의 원망이야말로 신의 노여움을 살
일이었다. 그 모든 것은 신의 장난이 아니라 몽테크리스토

백작이 뒤에서 꾸민 일이었으니까.

드디어 당그라르는 로마에 도착했다. 호텔에서 샤워를 하고 옷을 갈아입고는 바로 톰슨 앤드 프렌치 상사로 찾아갔다.

당그라르는 몽테크리스토 백작이 써 준 510만 프랑의 차용증을 내밀었다. 톰슨 앤드 프렌치 상사는 두말 없이 그가 요구하는 대로 오스트리아의 수도 빈에 있는 은행에서 돈을 받을 수 있는 수표를 발행해 주었다.

호텔에서 피로를 푼 다음 날 오후, 당그라르는 호텔에 부탁해서 미리 대기시켜 놓은 마차를 타고 로마를 떠났다. 마차가 로마 시를 벗어날 무렵에는 이미 해가 기울어 어둑어둑했다.

그런데 이게 웬일인가! 마차는 다른 길로 내닫고 있는 게 분명했다. 깜짝 놀란 당그라르가 버럭 소리를 질렀다.

"이봐, 어디로 가는 거냐!"

"명령대로 가고 있으니 잠자코 있기나 하구려."

빈정대는 듯한 마부의 대꾸에 당그라르는 가슴이 덜컥 내려앉았다. 창 밖을 내다보니, 자기의 마차와 나란히 어떤 사나이가 말을 타고 달리고 있었다.

한참을 달리던 마차가 이윽고 멈춰 섰다.

당그라르는 부들부들 떨면서 마차에서 끌려내려왔다.

그 곳에는 네 사나이가 기다리고 서 있었다. 당그라르는

그 사나이들의 총칼에 떠밀려 나무가 우거진 숲 속의 무덤

같은 동굴 속으로 끌려들어갔다. 언젠가 알베르에게

들었던 바로 그 산적의 동굴임이 분명했다.

"대장님, 아주 좋은 녀석을 잡아왔습니다."

책을 읽고 있던 대장이 당그라르를 힐끗 바라보았다.

"흠, 금방 죽을 것 같은 얼굴이로군. 데려다가 재워."

당그라르는 바위를 깎아 만든 조그만 방에 짐짝처럼

내동댕이쳐졌다.

"자, 여기가 네 방이다."

당그라르를 끌고 온 사나이가 한 마디 하고는 문에

빗장을 지르고 훌쩍 가 버렸다.

'이 녀석들이 나를 죽이려는 것은 아닌가 보다. 몸값을 요구할

것 같은데, 알베르의 경우처럼 5만 프랑쯤 주면 되겠지.

그만큼 빼앗겨도 505만 프랑은 남는다.'

지칠 대로 지친 당그라르는 어느덧 깊은 잠에 빠졌다. 그가

눈을 떴을 때는 이미 아침이었다. 얼른 주머니에 손을 넣어

보았다. 수표와 돈은 그대로 있었다. 당그라르는 '후유'

한숨을 내쉬었다.

아무것도 먹지 못한 채 저녁때를 맞았다.

당그라르는 배가 몹시 고팠다. 문틈으로 밖을 내다보니

망을 보는 사나이가 음식이 담긴 냄비와 고급 포도주병을

앞에 놓고 식사를 하고 있었다. 당그라르는

침을 꼴깍 삼키며 문을 두드렸다.

"이보시오, 내게도 먹을 것 좀 주지 않겠소?"

사나이가 기다렸다는 듯 문을 열고, 이상한 느낌이

들 정도로 친절하게 말했다.

"네, 곧 갖다 드리지요. 무엇을 드릴까요? 무엇이든 요구하는

대로 드리겠습니다. 다만 음식값은 내셔야만 합니다."

"그렇소? 그럼, 통닭 한 마리만 갖다 주오."

"네, 알겠습니다. 이봐, 통닭 한 마리!"

사나이가 소리치자 기다렸다는 듯 다른 사나이가 은쟁반에

통닭 한 마리를 받쳐들고 왔다. 당그라르는 쟁반을

받아들기가 바쁘게 통닭을 집으려 했다.

그 때 지키고 있던 사나이가 손목을 잡았다.

"여기서는 음식값을 먼저 받기로 되어 있습니다."

당그라르는 혀를 차며 금화 한 닢을 던져 주었다.

그러자 사나이는 다시 그의 손을 잡았다.

"이 돈으로는 모자랍니다. 이건 1루이짜리 금화니까

나머지 4999루이를 더 내셔야겠는데요."

당그라르는 눈이 휘둥그레졌다.

"그런 엉터리 같은 말은 그만두고, 어서 먹게 해 주시오."

"장난이 아닙니다. 음식값이 너무 비싸다고 생각되면

드시지 않아도 됩니다."

사나이가 신호를 하자 아까 통닭을 날라 왔던 사나이가

당그라르 앞에 놓인 쟁반을 들고 냉큼 나가 버렸다.

당그라르는 화가 머리끝까지 치밀어 소리쳤다.

"이 날강도들 같으니……. 통닭 한 마리에 프랑스 돈으로

10만 프랑이라니!"

그러나 당그라르는 더 이상 참을 수 없을 정도로 배가 고팠다.

다음 날 아침 당그라르는 다시 문을 두드렸다.

"빵 한 조각만이라도 주시오. 그건 얼마입니까?"

"10만 프랑입니다."

"뭐라고? 빵 한 조각에도 10만 프랑이란 말이오?"

"네, 여기서는 무엇이나 똑같이 10만 프랑입니다."

"바보 같은 수작 마시오. 내게 10만 프랑이 어디 있겠소?"

"주머니에 510만 프랑짜리 수표가 있잖습니까?"

'이 녀석들이 모조리 알고 있구나!'

당그라르는 덜컥 겁이 났다. 그러나 힘을 내어 소리질렀다.

"차라리 나를 벌거숭이로 만들어 죽이시오.

어서 대장을 불러다 주시오"

"네, 알았습니다. 잠깐 기다리십시오."

곧 유명한 산적 대장 밤파가 나타났다.

"부르셨습니까?"

"내 몸값이 얼마요?"

"지금 가지고 계신 510만 프랑이면 되겠습니다."

당그라르는 숨이 막힐 것 같았다.

"그건 내게 남은 재산 전부요. 그걸 빼앗느니 차라리

내 목숨을 끊어 주시오."

"그건 곤란합니다. 사람을 죽이지는 못하게

되어 있으니까요. 주인님의 명령입니다."

당그라르는 어이가 없었다.

"주인님? 그 주인님은 지금 어디 있소?"

"글쎄요. 나도 모르겠습니다."

당그라르는 애가 닳아 몸값을 흥정했지만 그는 한 치의

양보도 없었다.

"이런 나쁜 녀석들! 이런 수작에 넘어가느니
차라리 죽어 버리겠다."

당그라르는 물 한 모금 마시지 않고 이틀 동안 버텼다.

그러나 굶주림에는 더 이상 견뎌 낼 도리가 없었다.

마침내 먹을 것을 가져오도록 했다. 그러고는
10만 프랑의 약속 어음을 써 주었다.

그 날부터 당그라르는 줄곧 어음을 써 주고 굶주린 배를
채웠다. 열흘쯤 지났을 무렵, 문득 정신을 차리고 보니
돈은 이제 5만 프랑밖에 남아 있지 않았다.

당그라르는 이 5만 프랑만은 빼앗기지 말아야겠다고
생각했다. 독한 마음으로 사흘을 버텼다. 당그라르는
너무나 배가 고파 정신이 흐릿해지는 것 같았다.

나흘이 지나고 닷새가 지났다. 당그라르는 산송장이나
다름없는 비참한 모습으로 겨우 문 앞까지 기어갔다.

그는 가느다란 목소리로 말했다.

"대장을 불러 주시오, 대장을……."

"네, 여기 대령했습니다. 무슨 일이신가요?"

당그라르는 떨리는 손을 내밀었다.

“마지막 남은 돈을 받아 주시오.

그리고 제발 나를 살려 주시오.”

당그라르는 있는 힘을 다해 말했다.

“견딜 수 없이 괴로우신가 보구려. 그러나 당신 때문에

무덤 속 같은 지하 감방에서 죽을 고생을 한 사람보다야

덜 괴로우실 겁니다.”

그 목소리는 대장 밤파의 목소리가 아니었다.

엄숙하고 침착한, 그러나 낯익은 목소리였다.

당그라르는 오싹 소름이 끼치는 것을 느꼈다. 흐릿한 눈을

들어 보니, 밤파의 등 뒤에 외투를 입은 사람이 서 있었다.

그 사람은 한 발짝 성큼 앞으로 나서며 외투를 벗었다.

“오, 몽테크리스토 백작!”

당그라르는 깜짝 놀라 눈이 휘둥그레졌다.

그는 놀라움과 기쁨에 넘쳐 소리쳤다.

“오, 나를 구하러 오셨군요, 몽테크리스토 백작!”

그러나 몽테크리스토 백작은 차가운 목소리로 대꾸했다.

“당그라르 씨, 나는 당신 때문에 저 차가운 이프 성채의

지하 감방에서 14년 동안 울었고, 당신 때문에 약혼자를

빼앗겼으며, 또 당신 때문에 내 아버지가 굶어 죽어야만 했소.

내가 누구인지 잘 보시오. 나는 에드몽 당테스요.”

당그라르는 ‘앗!’ 하고 외마디 소리를 지르며

앞으로 고꾸라졌다.

몽테크리스토 백작은 말을 이었다.

“자, 일어나시오. 당신의 목숨만은 살려 주기로 했소.

당신들 무리 셋 가운데 당신은 가장 운이 좋은 사람이오.

아내와 아들을 죽인 검사는 미쳐 버렸고, 페르낭도 아내와

아들에게서 버림받은 채 자살했소. 남은 5만 프랑은 가져도

좋소. 내가 주는 선물이오. 당신이 고아원에 갚아야 할 5백만

프랑과 이자는 틀림없이 다 내놓았으니 내가 당신 대신

고아원에 돌려주리다. 자, 많이 드시오.”

백작은 당그라르 앞에 음식을 밀어 놓고는 홱 돌아섰다.

“밤파, 식사가 끝나거든 이분을 놓아 드려라.”

당그라르는 허겁지겁 음식을 먹기 시작했다.

그 뒤 그는 다시 마차에 실려 어딘지도 모르는 곳으로 끌려가

내동댕이쳐졌다. 아침에 눈을 떠 보니 당그라르는 어느

냇가에 쓰러져 잠자고 있었다. 물을 마시려고 물 위로 몸을

굽혔을 때, 그는 자기 머리칼이 하얗게 센 것을 보았다.

사라지는 흰 돛대

저녁 어스름이 깔리고 있는 바다 위로 아담한 요트
한 척이 푸른 물결을 일으키며 미끄러지듯 나아가고 있었다.
요트 뱃머리에는 키가 큰 젊은이가 생각이 많은 표정으로
서 있었다. 그 젊은이는 마르세유에서 몽테크리스토 백작과
한 달 후에 다시 만나기로 약속하고 헤어졌던
막시밀리앙이었다. 지금 막시밀리앙은 약속한 날에 맞춰
백작이 보내 온 요트를 타고 백작이 기다리는 곳으로
가고 있는 중이었다.
이윽고 요트가 섬에 닿았다. 몽테크리스토 섬이었다.
"오, 막시밀리앙, 약속대로 틀림없이 와 주었군요."

"백작님과의 약속은 내게 목숨보다도 더 소중하니까요."

몽테크리스토 백작은 웃으며 그의 손을 잡았다.

막시밀리앙은 말없이 백작의 뒤를 따라 걸었다. 양쪽을

아름답게 다듬은 길을 걸어 올라간 백작은 커다란 문이 달린

바위벽 앞에서 걸음을 멈추었다. 문이 열리자 동굴이

나타났다. 동굴 속으로 조금 더 들어가니 또 하나의

문이 열렸다. 그러자 눈부신 빛이 얼굴을 비추며

몸을 녹여 버릴 듯한 향기가 코를 찔렀다.

눈앞에서 상상할 수 없는 놀라운 광경이 벌어지고

있었지만 막시밀리앙은 별로 놀라지 않았다.

"자, 어떻소? 내 섬에 내가 정성을 다해 마련해 놓은

아름다운 동굴 별장이오. 이 곳에서 즐거운 시간을

보내는 것도 나쁘지 않을 것이오."

막시밀리앙은 엷은 웃음을 지었다.

"좋으실 대로 하십시오. 나야 어차피 죽을 몸이니까요."

"당신은 정말로 지금도 이 세상에 미련이 없소? 사랑하는

누이 부부와 나 같은 사람이 숨쉬고 있는 이 세상에 말이오?"

막시밀리앙의 눈에서 하염없는 눈물이 흘러나왔다.

그런 막시밀리앙을 보고 백작은 다시 한 번 다짐받듯 물었다.

"막시밀리앙 씨, 당신은 내게 아들과 같은 사람이오.

아들 같은 당신에게 내 모든 것을 남기고 싶소. 그러니

죽는다는 생각을 단념하고 나와 즐겁게 살지 않겠소?"

막시밀리앙은 차가운 태도로 대꾸했다.

"백작님, 백작님은 내 결심이 변하지 않으면 나를

조용히 죽게 해 주겠다고 약속하셨습니다.

이제 그 시간이 되었습니다. 약속을 지켜 주십시오."

그 말을 듣고 백작은 실망한 듯 말했다.

"좋소, 당신의 마음이 조금도 변하지 않았다면

약속을 지키리다."

백작은 벽장 문을 열고 작은 은항아리를 꺼냈다. 그 속에는

빨간색 물약이 들어 있었다. 백작은 그것을 금숟가락으로

뜨며 막시밀리앙의 얼굴을 물끄러미 바라보았다.

"자, 이것이 당신에게 줄 수 있는 마지막 선물입니다.

한 숟가락이면 아주 편안히 이 세상과

하직할 수 있을 것입니다."

막시밀리앙은 백작에게서 숟가락을 넘겨받았다.

"아직 목숨이 붙어 있을 때 마지막으로 백작님께 하고 싶은

말이 있습니다. 백작님, 진심으로 감사를 드립니다."

말을 마친 막시밀리앙은 주저하는 기색도 없이 물약

한 숟가락을 단숨에 꿀컥 삼켰다. 막시밀리앙은 정신이

흐릿해져 오는 것을 느꼈다. 램프 불빛이 점점 희미해져 갔다.

온몸이 뻣뻣해지는 것 같았다.

"백작님, 나는 이제 죽습니다. 마지막으로
다시 한 번 감사드립니다."
막시밀리앙은 백작의 손을 잡으려 했으나 손을 내밀 힘도
없었다. 그러고는 이내 모든 생각이 그의 머리에서 사라졌다.
그렇게 얼마의 시간이 지났을까?
막시밀리앙의 입술이 살며시 열리며 희미한 입김이 새어
나왔다. 막시밀리앙은 가볍게 온몸을 떨더니
이윽고 두 눈을 번쩍 떴다.
"아, 나는 아직 살아 있었구나! 나는 백작에게 속은 거야."
막시밀리앙은 주위를 둘러보았다. 선반 위에 칼이 놓여
있었다. 그는 얼른 그 쪽으로 손을 뻗쳐 칼을 집으려고 했다.
그 때였다. 꿈에도 잊지 못할 그리운 목소리가
막시밀리앙의 귓가에서 울렸다.
"막시밀리앙, 이제 다 주무셨어요? 자, 나를 보세요."
소리나는 쪽을 보니 아, 거기에는 꿈에도 잊지 못했던
발랑틴이 얼굴 가득 웃음을 띠고 서 있었다.
"오, 발랑틴! 당신이 정말 발랑틴이란 말이오?"
막시밀리앙은 소스라치게 놀라며 자리에서 벌떡 일어났다.
막시밀리앙과 발랑틴은 서로를 꼭 껴안았다.

발랑틴은 그 동안 있었던 일을 모두 얘기해 주었다.

신부로 가장한 백작이 이틀 후면 되살아날 수 있는 해독제를
먹였다가 무덤에서 꺼내 하이데와 함께 이 곳으로 보냈다는
것이다. 지금까지 그녀는 이 곳에서 막시밀리앙을 기다리며
즐겁게 살아 왔다고 했다. 참으로 믿어지지 않는 꿈 같은
이야기였다. 둘은 밤을 꼬박 새우며 이야기를 나눴다.

다음 날 아침, 막시밀리앙과 발랑틴은 행복에 겨운 표정으로
팔짱을 끼고 바닷가를 거닐었다. 그 때 요트의 선장 자콥이
두 사람에게로 다가와 편지 한 통을 내밀었다.

"백작님이 보내셨습니다."

막시밀리앙은 겉봉을 뜯었다.

막시밀리앙 씨,

사랑하는 두 분을 위해 배를 준비해 두었소.

그 배로 리보르노 항구로 가시오. 거기에 발랑틴의 할아버지

누아르티에 노인이 기다리고 계실 것이오.

그분이 당신들의 결혼을 축복하기 위해 그 곳까지 오신 것이오.

이 동굴 속의 별장과 샹젤리제의 저택은 에드몽 당테스가 결혼

축하 선물로 모렐 씨의 아드님이신 당신에게 드립니다.

막시밀리앙 씨, 내가 당신에게 죽음의 체험을 하게 한 이유를

말하리다. 그것은 산다는 것이 얼마나 멋진 일인지 알기 위해서는

죽음의 고통도 맛보아야 한다는 생각 때문이었소.
그러면 언제까지나 부디 행복하게 사시기를, 그리고 다음의 말을
잊지 마시도록.
기다려라! 그리고 희망을 가져라.
　　　　- 당신의 친구 에드몽 당테스, 몽테크리스토 백작 -

막시밀리앙은 불안한 얼굴로 주위를 둘러보았다.
"백작님과 하이데 아가씨는 어디 계시지요?"
막시밀리앙이 묻는 말에 자콥은 먼 수평선을
가리키며 말했다.
"저기를 보십시오."
까마득히 먼 저 편, 하늘과 바다가 맞닿은 수평선
언저리에 갈매기 날개만한 흰 돛이 보일 듯 말 듯했다.
막시밀리앙은 눈물을 닦았다.
"결국 가시고 마는구나. 나의 존경하는 분 아버지시여,
언제 다시 뵐 수 있을까요?"
발랑틴이 막시밀리앙을 껴안으며 눈물 괸 눈으로 말했다.
"백작님께서 말씀하셨잖아요. '기다려라. 그리고
희망을 가져라.' 라고 말예요."

● 이해 능력 Level Up!

1. 아래 글을 읽고, 당테스가 엘바 섬으로 간 목적으로 맞는 것을 고르세요.

"이봐, 당테스. 이리 좀 와 보게!"
모렐 씨는 그게 아무래도 마음에 걸리는지 당테스를 불렀다.
"한 가지 묻겠는데, 엘바 섬에는 왜 배를 댔나?"
"선장님의 마지막 명령을 지키기 위해서 입니다. 선장님께서 돌아가시기 전에 제게 소포 하나를 주시면서 베르트랑 대원수(나폴레옹의 부하 장군)에게 꼭 전해 달라고 부탁하셨거든요."
그 말에 놀란 듯 모렐 씨는 주위를 한 번 살피고는 당테스와 함께 구석진 곳으로 갔다.

1) 나폴레옹 황제를 만나고 싶어서

2) 보나파르트 당원이었기 때문에

3) 죽은 선장의 마지막 부탁을 들어주기 위해서

4) 파라옹 호가 고장이 났기 때문에

5) 죽은 선장의 고향이기 때문에

2. 당그라르가 당테스를 시기한 까닭은 무엇인가요?

   1) 자기보다도 나이 어린 당테스가 능력을 인정받는 것이 싫어서

   2) 당테스가 건방지게 굴어서

   3) 당테스가 선주의 사랑을 독차지하는 것이 싫어서

   4) 자신도 선장이 될 수 있는데 자리를 빼앗긴 것이 분해서

   5) 무능한 당테스가 자기보다 인정을 받기 때문에

3. 선주가 당테스를 선장으로 임명하려고 한 까닭이 아닌 것을 고르세요.

   1) 선장의 자리가 비었기 때문에

   2) 당테스가 그 자리를 원해서

   3) 선장 다음의 서열인 일등 항해사였기 때문에

   4) 어린 나이에도 씩씩하고 책임감이 강했기 때문에

   5) 선장의 책임을 다할 수 있는 자질이 있었기 때문에

4. 빌포르 검사가 왜 정식 재판도 하지 않고 당테스를 이프 성채의 지하 감
   옥에 가두었는지, 아래 글을 읽고 답해 보세요.

“불태웠다고? 중요한 증거물을 조사하던 검사가 증거물을 불태우다
니⋯⋯. 그 편지를 받기로 되어 있던 사람의 주소와 이름을 기억하나?”
“물론입니다. 파리 코크에롱 가 13번지, 누아르티에 씨가 그 편지를 받기
로 되어 있었습니다.”
당테스의 대답에 파리아 신부가 웃음을 터뜨렸다.
“이봐, 당테스 군. 자네는 지독히도 운이 없었어.
누아르티에 빌포르는 바로 그 검사의 아버지였어.
나폴레옹이 집권했을 때 원로원 의원을 지낸 보나
파르트 당의 거물이지. 검사는 자네를 위해서가
아니라 자신의 출세길을 막을 수도 있는 증거를
태워 버렸던 거야. 그리고 그 일을 영원한
비밀로 하기 위해 자네에게 엉뚱한 죄를
뒤집어씌워 이 무덤 속에 처넣어 버린 거라구.”

1) 반역을 꾀하는 보나파르트 당원이기 때문에

2) 보나파르트 당원인 자기 아버지의 비밀이 탄로날까 봐

3) 재판을 받을 필요도 없는 중대한 죄인이어서

4) 당테스가 자신의 사랑하는 여인과 결혼을 하려 했기 때문에

5) 아버지의 출세에 지장을 주는 행동을 했기 때문에

5. 간수들은 왜 파리아 신부를 '미치광이 신부' 라고 불렀나요?

1) 미친 짓을 자주 하기 때문에

2) 믿을 수 없는 보물 이야기를 자주 해서

3) 보물로 간수를 꾀어서 탈출하려고 했기 때문에

4) 알아들을 수 없는 여러 나라 말을 쓰고 있어서

5) 늘 자신에게 죄가 없다고 주장하면서 말썽을 피우기 때문에

6. 아래 글을 읽고, 당테스가 죽기로 작정하고 단식을 한 까닭은 무엇인지 고르세요.

> 무려 4년이라는 세월이 흘렀다.
> 당테스는 절망과 슬픔에 빠져 이제 날짜를 세는 것도 포기했다. 풀려날 희망도 없이 고통스럽게 사느니 차라리 목숨을 끊을 결심을 한 것이었다.
> 간수가 가져다 주는 모든 음식을 먹는 척하고는 버렸다.
> 굶어 죽을 작정이었다.
> 몰라보게 기운이 빠진 당테스는 방구석에 비스듬히 쓰러져 벽에 뺨을 대고 죽음을 맞으려는 듯 누워 있었다.

1) 살아서 나갈 희망이 없었기 때문에

2) 감방 생활이 너무 힘들어서

3) 자기를 모함한 사람들에 대한 저주를 이길 수 없어서

4) 감방의 음식이 너무 형편 없어서

5) 선장도 되지 못하고 결혼도 하지 못한 것이 너무 서러워서

7. 파리아 신부를 만난 후 변화된 당테스의 모습이 아닌 것은?

   1) 살아야 한다는 의욕과 희망을 갖게 되었다.

   2) 한탄하기보다 내일을 위해 준비하는 자세를 갖게 되었다.

   3) 탈옥을 위해 더욱 열심히 굴을 파기 시작했다.

   4) 지식과 교양을 넓히며 감방 생활을 뜻있게 보내게 되었다.

   5) 언젠가는 반드시 복수를 하겠다는 마음을 갖게 되었다.

8. 아래 글은 당테스가 죽은 파리아 신부의 시체로 가장해 탈출할 것을 결심
   하면서 중얼거린 말입니다. 이렇게 말한 까닭은 무엇일까요?

> 때마침 어떤 생각이 머리를 스쳤다. 처음엔 그 생각의 무서움에
> 몸서리를 치며 이마를 짚었으나, 다시 머리를 치켜들고
> 눈을 부라리며 중얼거렸다.
> "하느님, 당신이 이런 생각을 나의 마음 속에
> 불어넣으셨습니까? 죽은 사람이 아니고는
> 나갈 수 없는 감옥에서라면……. 좋다, 해 보자!"

   1) 그런 무서운 생각을 하게 한 하느님이 원망스러워서

   2) 파리아 신부가 하느님을 믿는 분이었기 때문에

   3) 자신이 한 번도 생각해 보지 못했던 두렵고도 끔찍한 생각이어서

   4) 평소 신앙심이 두터웠기 때문에

   5) 파리아 신부가 너무 불쌍하다는 생각이 들어서

9. 카드루스가 부소니 신부에게 두 친구의 투서 모함 사실을 털어놓은 까닭
   은 무엇일까요?

   1) 당테스가 친구들에게 나눠 주라고 했다는 다이아몬드를 혼자 차지하고
      싶어서

   2) 출세한 친구들이 자신을 본 척도 하지 않는 것이 화가 나서

3) 친구들이 당테스에게 못할 짓을 한 것이 늘 마음에 걸렸기 때문에

4) 자신만이 당테스의 진실한 친구라고 생각했기 때문에

5) 정의감이 강해서

10. 몽테크리스토 백작을 처음 만난 모르세르 백작 부인의 얼굴이 창백해지
며 쓰러질 뻔한 까닭은 무엇인가요?

1) 몽테크리스토 백작이 너무 무섭게 생겨서

2) 한눈에 몽테크리스토 백작이 당테스라는 것을 알아보았기 때문에

3) 아들의 생명을 구해 준 은인을 만난 감동 때문에

4) 아들이 말한 것과 너무 다른 사람이어서

5) 뭔가 말 못 할 고민이 있어서

11. 당테스는 탈옥 사실을 숨기고 복수를 하기 위해서 여러 차례 변장을 하고
가명을 썼습니다. 다음 중 당테스가 썼던 가명이 아닌 것을 골라 보세요.

1) 부소니 신부　　　　　　　2) 월모어 경

3) 뱃사람 신드바드　　　　　4) 몽테크리스토 백작

5) 카발캉디 후작

12. 면회실에서 베네데토를 만난 베르투치오가 무슨 이야기를 했기에 갑자기
그의 행동과 표정이 달라졌을까요?

1) 못된 행동을 조목조목 꾸짖었다.

2) 모든 뒷바라지를 해 준 몽테크리스토 백작이 더는 돌보지 않기로 했음
을 알렸다.

3) 검찰총장 빌포르의 사생아로 태어나자마자 땅 속에 묻혀 죽을 뻔했던
그의 출생 비밀을 자세히 알려 주었다.

4) 자신이 죽인 카드루스가 몽테크리스토 백작과 잘 아는 사람임을 알려
주었다.

5) 틀림없이 단두대에서 목이 잘리게 된다는 사실을 알렸다.

13. 아래 글을 읽고, 알베르가 몽테크리스토 백작에게 결투를 신청해 놓고 결
투장에 늦게 나타나 사과와 함께 결투 포기를 선언한 까닭으로 알맞은 것
을 고르세요.

> 알베르는 몽테크리스토 백작 앞으로 걸어갔다.
> "백작님, 내가 백작님에게 결투를 신청한 데는 충분한 까닭이
> 있었습니다. 나의 아버지가 용서받지 못할 죄를 지었다고 해도 그것과
> 아무런 상관이 없는 백작님께서 그 죄를 따질
> 권리는 없다고 생각한 때문입니다.
> 그러나 어부 페르낭이 한 짓을
> 어머님을 통해 자세히 듣고, 나는
> 비로소 백작님이 나의 아버지에게
> 하신 복수가 정당한 것이었음을
> 알았습니다. 결투를 신청했던
> 일을 사과드립니다."

1) 몽테크리스토 백작이 명사수라는 것을 뒤늦게 알았기 때문에
2) 백작이 아버지에게 한 일이 정당한 복수임을 알았기 때문에
3) 어머니의 간청을 물리칠 수 없어서
4) 몽테크리스토 백작을 존경하게 되어서
5) 죽음이 두려워져서

14. 다음을 보고 잘못 연결된 것을 골라 보세요.

    1) 당테스 ························· 윌모어 경
    2) 메르세데스 ························· 모르세르 백작 부인
    3) 베네데토 ························· 카발칸디
    4) 페르낭 ························· 모르세르 백작
    5) 카드루스 ························· 빌포르

● **논리 능력 Level Up!**

1. 당테스가 선장이 되었다는 기쁜 소식을 전해 주자, 아버지는 아래와 같이
   말했습니다. 이 말은 무엇을 뜻하는 것일까요?

> 아버지는 몹시 놀란 표정으로 두 손을 모았다.
> "하느님, 남의 불행이 우리의 행복이 된 것을 기뻐하는 저를 용서
> 해 주소서!"

2. 당그라르와 페르낭이 당테스를 모함한 이유는 무엇인지 써 보세요.

3. 몽테크리스토 백작의 만류에도 막시밀리앙이 결국 죽으려고 약을 먹은 까
   닭은 무엇인가요?

4. 오퇴유 별장의 파티에서 몽테크리스토 백작의 이야기를 듣던 당그라르 부
   인이 기절한 까닭은 무엇인가요?

5. 다음 글을 읽고, 몽테크리스토 섬에 도착한 당테스가 일부러 크게 다친 척
   한 이유를 써 보세요.

한 시간여 만에 밀수선은 수평선 너머로 사라졌다.
그러자 당테스는 언제 다쳤느냐는 듯 벌떡 일어났다.
동료들을 따돌리고 혼자 남아 보물이 숨겨진 동굴을
찾기 위해 크게 다친 척 연극을 했던 것이다.
그는 노루새끼보다 재빠르게 바위에서 바위를 타고
섬의 꼭대기에 올라섰다. 그 곳에서 보면 스파다의 유
언장에 있는 동쪽의 작은 만도 바로 눈 아래 있었다.
드디어 그는 바위 그늘에 표시된 암호를 찾아 냈다.

● 논술 능력 Level Up!

1. 당테스는 어떤 성격을 지닌 사람이었나요? 본문의 내용을 토대로 그의 성
   격을 짐작해 보세요.

2. 아래 글을 읽고, 당테스처럼 해명할 기회조차 갖지 못한 채 억울한 일을
   당한 적이 있었는지 생각해 보세요. 있었다면 언제였는지, 기분이 어땠는
   지 적어 보세요. 또 어떻게 위기를 극복했는지도 함께 적어 보세요.

그 무렵 감옥 검사관이 이프 성채로 와서 갇혀 있
는 죄수 중 억울한 자가 있는지를 감사했다. 검사
관을 만난 당테스는 자신에게는 아무 죄가 없음을
열심히 주장했다.
죄가 있다면 재판이라도 받게 해 달라고 애원했다.
당테스를 동정하던 검사관도 그의 죄명을 적은 검
사의 기록을 읽고는 코웃음을 쳤다.

3. 당테스가 선장이 되는 것을 막으려고 끔찍한 일을 저지르는 회계원 당그
   라르의 행동을 보고 여러분은 무엇을 느꼈나요? '질투'에 대한 자신의 생
   각과 연결지어 적어 보세요.

4. 카드루스는 부소니 신부에게서 값나가는 다이아몬드를 받았으면서도 돈
   에 대한 욕심을 버리지 못하고 보석상을 살해하고 맙니다. 그 죄로 감옥살
   이를 했고, 마침내 감옥에서 함께 탈출한 베네데토의 칼에 목숨을 잃고 말
   았지요. 그의 마지막 순간을 묘사한 아래 글을 읽고, 그의 삶에 대해 느낀
   점을 적어 보세요.

"으음, 나는 이제 살아날 수 없을 것 같습
니다. 이왕 죽을 몸이니 할 말은 해야겠습
니다. 나를 찌른 녀석은 베네데토입니다."
"좋다. 네가 말한 대로 증거 서류를 만들
자, 너는 여기에 네 이름만 쓰면 된다."
백작은 종이에 이렇게 써내려 갔다.

나 카드루스는 틀롱 감옥에서 함께 탈출한

베네데토에게 찔려 죽어 갑니다.

카드루스는 덜덜 떨리는 손으로 간신히 그 아래에다 자기 이름을 써넣었다.
"베네데토도 머지않아 붙잡혀 벌을 받게 될 것이다. 자, 카드루스, 이제는
하느님 앞에 죄를 뉘우쳐라."
카드루스는 있는 힘을 다해 몸부림쳤다.

5. 지금 우리 사회에 로또 열풍이 불고 있습니다. 벼락부자를 꿈꾸는 사람들이 많다는 증거이지요. 파리아 신부 덕에 벼락부자가 된 당테스의 경우를 생각하며, 이 문제에 대해 친구들과 토론해 보세요. 그리고 토론 결과를 아래에 적어 보세요.

● 토론 날짜 :

● 토론 주제 :

● 참여한 사람들 :

● 토론 내용 :

● 토론 결과 :

6. 아래 글은 신부로 변장한 당테스가 카드루스에게 들은 메르세데스에 관한 이야기입니다. 당테스를 기다리지 못하고 페르낭과 결혼한 메르세데스의 선택에 대해 여러분은 어떻게 생각하나요? 공감한다, 공감하지 않는다 두 가지 입장에서 각각 이야기해 보세요.

"그럼 당테스의 약혼녀인 메르세데스는 어떻게 되었나요?"
"그녀는 지금 아주 행복하답니다. 당테스가 잡혀간 뒤 얼마 동안은 울음으로 나날을 보내 옆에서 보기에도 가여웠지요. 그러다 당테스의 아버지가 세상을 떠나고 자기의 슬픔도 잊어버릴 때쯤 뜻밖에도 출세한 페르낭이 돌아온 겁니다. 페르낭이 전과 다름없이 줄곧 결혼하자고 조르자, 그녀는 마침내 페르낭과 결혼했습니다. 그래서 지금은 당당한 모르세르 백작 부인이 되어 알베르란 아들을 두고 행복하게 살고 있지요."

 풀이

이해 능력 Level Up!

1. 3)	2. 1)	3. 2)	4. 2)	5. 2)
6. 1)	7. 3)	8. 3)	9. 1)	10. 2)
11. 5)	12. 3)	13. 2)	14. 5)	

논리 능력 Level Up!

1. 르클레르 선장의 죽음은 슬픈 일이지만, 결국 그 때문에 자신의 아들이 승진했기 때문에 선장에게 미안한 마음이 들어 그렇게 말한 것이다.

2. 당그라르는 자신보다 나이가 어린 당테스가 능력을 인정받아 선장이 된 것을 시기했으며, 페르낭은 사랑하는 여인을 당테스에게 빼앗긴 것이 화가 났기 때문이다.

3. 죽은 발랑틴에 대한 사랑이 무척이나 컸기 때문에 그녀가 없는 세상은 더 살아갈 이유가 없다고 생각했다.

4. 젊었을 때 빌포르 검사와의 사이에서 아기를 낳았으며, 그 사실을 숨기려고 아기를 땅에 묻었다. 그런데 몽테크리스토 백작이 그와 관련된 이야기를 꺼내자, 자신의 죄가 탄로날까 봐 충격을 받았던 것이다.

5. 혼자 섬에 남아 보물이 있는 곳을 확인해야 했기 때문이다.

논술 능력 Level Up!

1. 예시 : 젊은 나이에도 선원들을 능숙하게 잘 다룬 것으로 보아 지도력이

뛰어났던 것 같다. 또 죽은 선장의 유언을 따르려고 애쓴 것으로 보아 책임감도 강하고, 목표를 한번 정하면 반드시 이루어 내고야 마는 의지력이 강한 사람으로 추측된다. 감옥에서 보여 준 학습 능력과 치밀하게 세운 복수 계획 등으로 미루어 볼 때 머리도 좋은 사람이었던 것 같다. 한편 모르세르 백작 부인의 말을 듣고는 알베르와의 결투를 포기했던 점에서는 정에 약한 사람이라고 볼 수도 있다. 또한 아버지에 대한 효심이 지극했으며, 사랑하는 연인에 대한 애정도 강한 사람이었다.

2. 예시 : 시험을 보았는데, 우리 반 아이들 중 대여섯 명이 부정 행위를 저질러 교무실이 발칵 뒤집혔다. 그 때 나는 정정당당하게 시험을 치렀는데, 성적이 크게 올랐다는 이유로 함께 의심을 받았다. 너무도 억울해서 시위라도 벌이고 싶었다. 나를 의심하는 많은 사람들이 미웠고, 학교에 가는 것조차 싫어졌다. 모든 것을 포기하고 싶었다. 그러나 나를 믿어 주신 부모님과 선생님 덕분에 다시 희망을 갖게 되었다. 믿음이 참으로 중요하다는 것을 깨달았다.

3. 예시 : 옛날 우리 조상들은 질투를 칠거지악의 하나라고 여겼다. 질투는 자신뿐 아니라 주변을 완전히 망가뜨릴 만큼 무서운 것이다. 당그라르의 질투는 개인적 감정에서 끝나지 않고 걷잡을 수 없이 큰 죄로 이어졌고, 결국 자기 자신을 파멸로 몰아넣었다. 질투의 대상을 무너뜨리고 끌어내릴 시간이 있다면, 그 시간에 스스로를 발전시키려고 노력하는 것이 훨씬 바람직하다고 생각한다.

4. 예시 : 돈에 눈이 멀면 죄악의 구렁텅이에 빠지게 된다는 것은 옛날이나 지금이나, 동양이나 서양이나 변하지 않는 진리인 것 같다. 행복의 조건을 물질에서만 찾으려 하는 물질 만능주의 세상에서는 카드루스와

같은 비극이 끊이지 않을 것이다. 인간의 소중함을 깨닫고 인간답게 살 줄 아는 자가 진정한 부자라고 생각한다. 돈이란 인간의 편의를 위해 존재하는 것이지, 그 이상도 그 이하도 아니지 않는가.

5. 예시

●**토론 날짜** : 9월 27일 오후 2시
●**토론 주제** : 벼락부자가 된 당테스와 로또 열풍에 대해
●**참여한 사람들** : 가은초등학교 5학년 4반 김은정, 이명희, 박형민
●**토론 내용** : (은정) 이 소설의 주인공 당테스가 복수를 계획한 것도, 그 계획을 성공적으로 실행한 것도 모두 돈이 많이 있었기 때문이야. 갑자기 그렇게 큰돈이 생겼으니 얼마나 좋았을까?
(명희) 글쎄, 난 별로 부럽지 않아. 그가 가치 있게 그 돈을 썼다고 생각하지 않거든. 뱃사람으로 열심히 일해서 번 돈이었다면 그렇게 펑펑 쓸 수 있었을까?
(형민) 맞아. 돈이란 건 자기가 열심히 노력해서 벌었을 때 참된 의미가 있는 것 같아. 미국에서 로또 복권 1등에 당첨된 사람들 중 상당수가 지금 불행한 삶을 살고 있다잖아. 돈이 많다고 반드시 행복한 건 아니야.
(은정) 그러니까 지나친 욕심을 부리지 말고 현재 위치에서 최선을 다하는 것, 그게 가장 중요하구나. 그렇지?
●**토론 결과** : 돈이란 열심히 땀 흘려 얻었을 때 진정한 가치가 있는 것이다. / 행운을 바라지 말고 지금 현재 위치에서 최선을 다하자.

6. 예시

공감한다 : 돌아오지 않는 사람을 무작정 기다리는 것은 의미가 없다고 생각한다. 군대에서 제대할 날짜가 확실한 경우에도 기다리지 못하는

사람들이 많은데, 기약 없이 몇 년이고 몇십 년이고 기다리는 건 어리석은 행동이다. 게다가 변함없이 자신을 사랑해 주는 사람이 곁에 있는데, 왜 기다리는 세월을 사는가. 그와 결혼하는 건 당연하다.

공감하지 않는다 : 다른 날도 아니고 결혼식을 올리는 날 신랑이 이유도 없이 끌려갔는데, 불과 몇 년 지나지 않아 다른 남자와 결혼하는 건 옳지 않다. 적극적으로 신랑을 구해 내려고 노력해야 한다. 또 사랑이 변해서 다른 남자와 결혼하고 싶다면 어쩔 수 없겠지만, 사랑하지도 않는 남자와 마지못해 하는 결혼은 행복할 수 없을 것이다. 따라서 혼자 사는 편이 오히려 마음 편할 것 같다.

※효리원 세계 명작 시리즈는 계속 발간됩니다!